心あたたまるどうぶつのお話
第1話
サマーがいた日々
マンガ／おうせめい
JN224057
サマー聞いて
今日学校で進路希望調査があってね
1

ケイは東京の大学にいくんだ〜って意気ごんでた
今から猛勉強してまにあうかな？
もう高3の5月だよ〜
もうすぐあたしたちの季節がくるね
今年も庭のひまわりさくかな？
いっしょにみようねサマー
ふふっ
くう〜ん

ぼくとナッちゃんの出会いは13年前――

まだ
ちいさかったぼくは
きょうだいたちと
いっしょにここに
やってきた
だれかが
指(ゆび)をさすと
そのたび外(そと)へ
つれだされて
ちょっと歩(ある)いたり
走(はし)ったり
させられた
その日(ひ)のうちに、
きょうだいは
みんないなくなった
がらん。。。

なでっ
この子にも
やさしい家族が
できるといいんだけど
子犬とは
言っても、
この子は
むずかしいからね
つぎの日もぼくは
同じ場所にいた
ぽつん。。。
あとで知ったけど、
そこは「譲渡会」といって
飼い主のいない犬たちと
人間のお見合いの場所
だったらしい

もた
もた
昨日と同じことをしたんだけど……ぼくは走るのが少しおそいみたい
くう…
それに、ちょっと走るとうしろの脚が痛くなってしまう
ぼくをだっこした人も
かわいーー!
ひょいっ
ぼくが外ですぐ立ちどまると、他の犬のほうへいってしまった
みんなは、つぎつぎとあたらしい家族が決まって
とってもうれしそう

ぼくは
だれにもえらんで
もらえないのかな

もし、
家族(かぞく)が
できなかったら

どうなって
しまうのかな

この子(こ)が
いい！

だっこさせて！
それが
ナッちゃんだった
わぁ！
ふわふわちっちゃーい！
かわいい!!
ちょっと強めになでられたけど
わしゃ
わしゃ
ちょっとナツ！子犬なんだから、もっとやさしく！
あはは

きゃ〜♡
ぼくもナッちゃんをひと目で気に入ってしまった
ぺろぺろ
やったー！
ママーパパー
ナツはこの子にするの！
ナツ、でもこの子ね、
生まれつき脚が悪いかもしれないんだって
そうかぼくは脚が悪かったのか！
股関節に少し障害が……でもだいじに飼ってくれれば
いっしょに生活して問題はないですよ おためしの期間もありますし
では一度外へ
だってママ！

ドキドキ
う、うまくできるかな
じっ
はっ
じーー
きたいのまなざし
すっ、
すごく見られてる！
もたもた
きんちょうしちゃうよ〜！
あ〜 やっぱりダメかな……
ず〜ん…
ママ、この子

脚が悪くて……ってぃうけど
ちゃんと歩いてるし！
ここに来たときからあたしのことだけじっと見てたし！
えっ
そ、そうだっけ？
でも、こうしてぼくは「ナッちゃんの弟」になれたんだ
ぎゅっ
キミはね今日からナツの弟だよ！
わかった？ね～!!
ナッちゃんはこのとき5歳の女の子だった

そこからぼくのしあわせな人生……

じゃなくて「犬生?」が始まったんだ

ナッちゃんが
小学生になると
近くの公園によく
散歩にいった
ナッちゃんはいつも
ゆっくり歩いてくれた
サマー、痛くなったら
すぐ言うんだよ
あたしがだっこして
あげるからね
でもね、ぼくにだって
とつぜん走りたくなる
ときもあったんだ
フーッシャー
むむっ

ダメだよ！
サマーっ
たらあああ〜！
わんっ
わんっ
だっ!!
ひょいっ
くっそー
なんだかバカに
されてる気分……
ぐぬぬぬ…
くう…
へな〜…
冷静になったら
脚がやっぱり
痛くなってきて
もう！
やめてよね〜！
猫とケンカして
どうすんのよ〜
ばっ
ごめんね
ナッちゃん…
ぼく、
ちょっと反省した

また、別の日のこと
こんにちは
ペこっ
あら こんにちは
あなたのワンちゃんはいつもゆっくり歩いてるのね
うちの犬は走らせないとダメなのよ～
たまには走らせてあげないとストレスがたまるんじゃない？
ちょっと、この子脚が悪くて
あら、かわいそうな子なのね

ぼくはちっとも
かわいそうじゃ
ないぞ！
何いってんだ
おばさん！
だってぼくは
ナッちゃんのことが
大好きで
いっしょに
いられるんだもの

ナッちゃんも
家に帰ってから
あの
おばさん
キライだな…
そんなこと
言わないの〜
パパとママに
そう言ってた

ナッちゃんが
中学3年生になった
ある日
カタンッ
ん？
ナッちゃんの
においだ！
ぴょんっ
ギリッ
イッ
ぺたん〜…
イタタタ
タタ…！

サマー!?
どうしたの!?
ぷる
ぷる
ばっ
痛いよ
ナッちゃんっ
ナッちゃんはすぐに
ぼくを動物病院に
つれていってくれた
動物病院
症状が悪化
してきている
お散歩は
ひかえたほうが
いいかもね
なんだって!?
ぼくはお散歩が
大好きなのに!
何いってんだ
白衣のおっさん!!

でも、そのおじさんの言うとおり、それから外を歩こうとするとすぐに脚が痛くなった
あたしがだいて外につれていってあげるよ
でも、かかえてもらうときも脚が痛くて……
キャンッ
だいじょうぶサマー!!
ナッちゃんはそれ以上、ぼくを外へつれていこうとはしなくなった
ナッちゃんはかなしがったけど
ぼくはちょっとホッとしたんだ

ナッちゃんに
めいわくを
かけるのが

何よりも
つらかったから

ぼくは完全に
「おうちの中の犬」
になった

散歩を
しなくなってから
あんまりおなかが
すかない

ママはぼくのために
「シニア犬用」っていう
ごはんを買ってきた

でもあんまり
おいしくなくて
初めのうちは
のこしてたけど

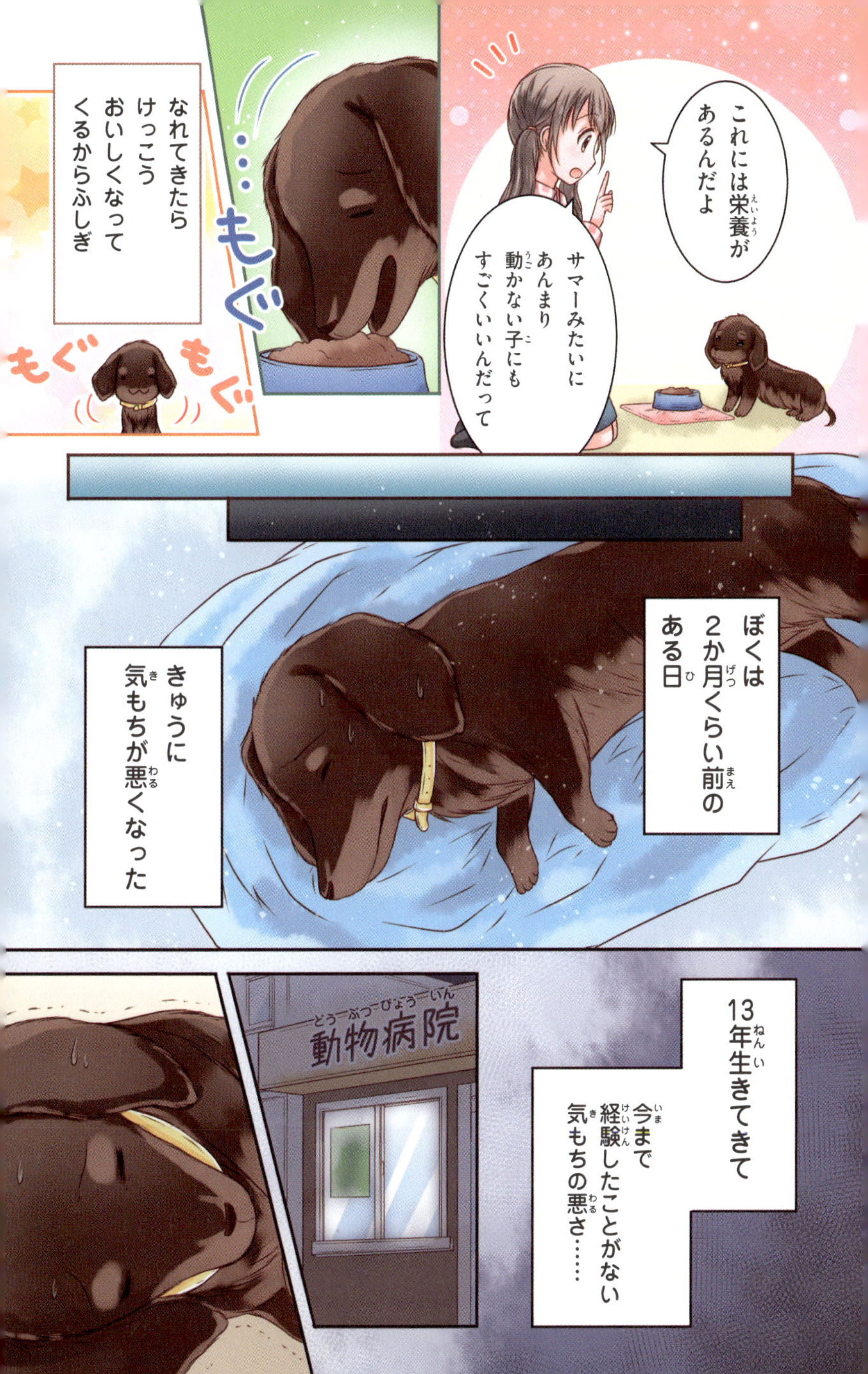
これには栄養があるんだよ
サマーみたいにあんまり動かない子にもすごくいいんだって
もぐ
なれてきたらけっこうおいしくなってくるからふしぎ
もぐもぐ
ぼくは2か月くらい前のある日
きゅうに気もちが悪くなった
13年生きてきて今まで経験したことがない気もちの悪さ……
動物病院

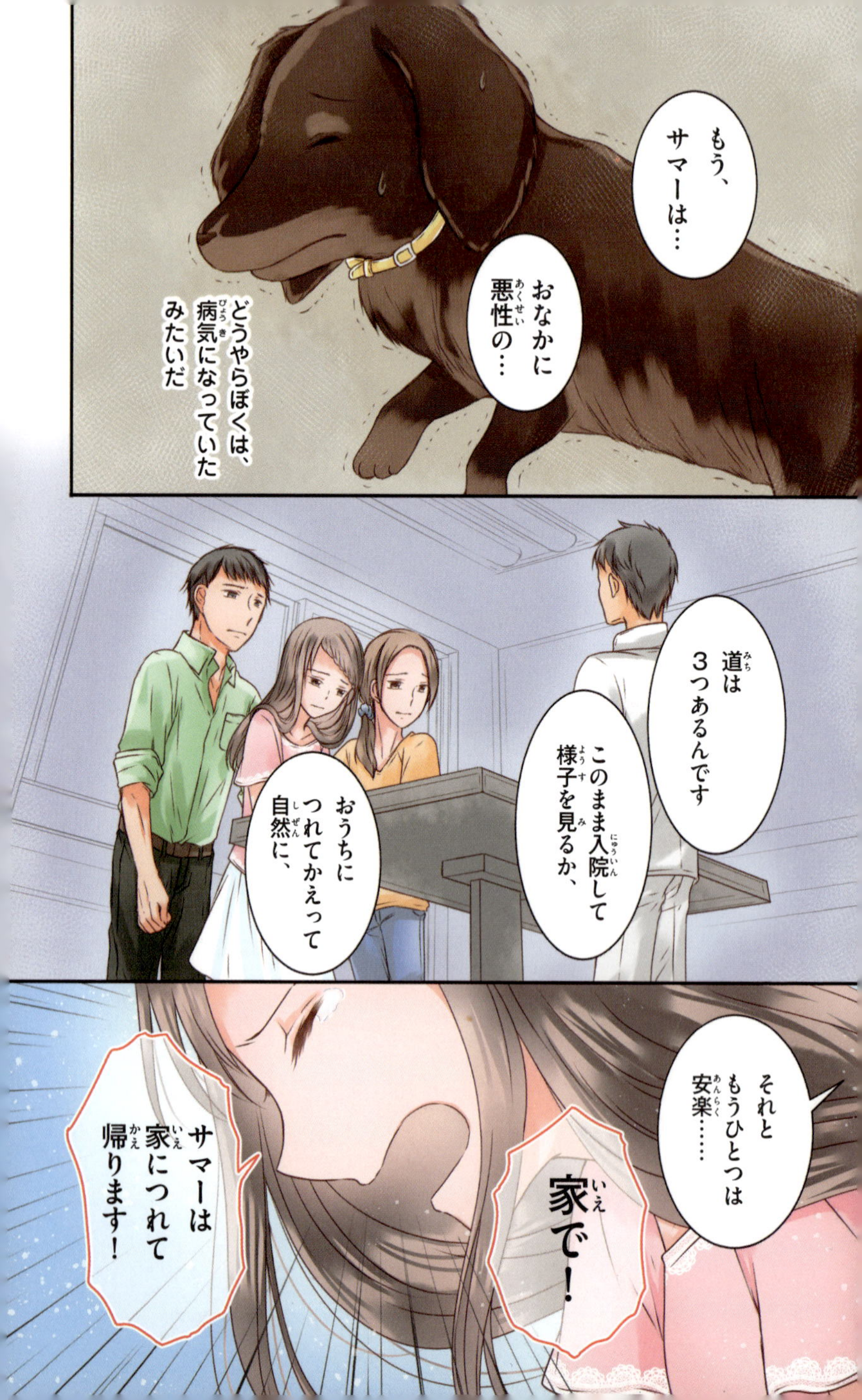
もう、サマーは…
おなかに悪性の…
どうやらぼくは、病気になっていたみたいだ
道は3つあるんです
このまま入院して様子を見るか、
おうちにつれてかえって自然に、
それともうひとつは安楽……
家で！
サマーは家につれて帰ります！

そっ
あれ……
手があったかくて
やさしいよ
ぼくも、それが良いのではと思いますよ
意外とやさしい人だったんだな……
今まで少し苦手だったけど
ごめんね
白衣のおじさん
サマー
ずっと あたしのそばに いてくれるよね？
ぼくも そのつもりだったよ

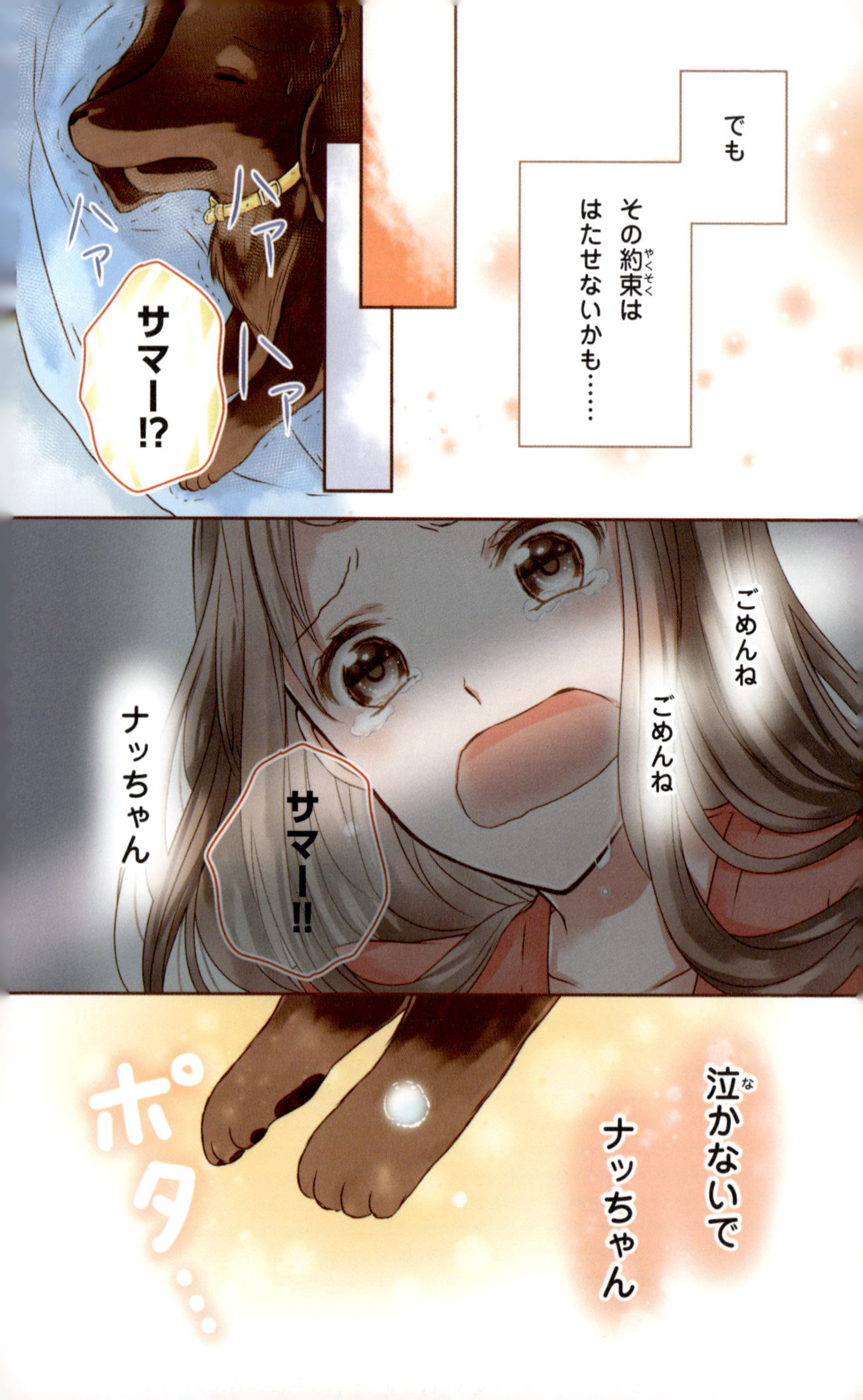
でも
その約束(やくそく)は
はたせないかも……
ハァ
ハァ
ハァ
サマー!?
ごめんね
ごめんね
サマー!!
ナッちゃん
泣(な)かないで
ナッちゃん
ポタ…

ぼくはずっとしあわせで
毎日たのしいことばっかりだったよ
くすっ

さようなら
さようなら
ナッちゃん
いつまでも
元気でいてね
すぅ・・・
サマー、
がんばったね
世界でいちばん
かわいくて
良い子だったよ

ナッちゃん
サマー！
あたしを
おいていっちゃ
いやだ!!
心配しないで
ぼくは
いなくなるけど
今度はナッちゃんを
お空から
見守っているよ
ずっとずっと
見守っているよ

今度こそ
ちゃんと
約束を守るからね
ぼくを
わすれないでいて
ナッちゃん

＼かわいすぎるがとまらないっ!!／
みんな大好き♡
どうぶつたちの一日写真
日本全国からあつめた、犬、猫、鳥……どうぶつたちの
朝、昼、夜までの写真をしょうかいするよ！！
あなたもこの子たちとともに、毎日をたのしんでね♪
よくねた～
おはよう
朝だよ～ おきて～

えい
えい！
今日も飛ぶぞ～
がじ
がじ
ピッ
ジャンプ!!
まって～!!

おいしそう！
ぱく
ぱく
ごちそうさま～
ペロリンコ
ごはんまだかな？
早いものがち!?
いただきます♪

お日さま出てきて
チュッ♥する？
ころん〜ころ〜ん
お顔をゴシゴシ!!
ボールじゃないよ
おふろ気もちいい〜

ころりんちょ♪
おしりが
あったかい〜
ZZZZZZ
なかよくおやすみ
そろそろかな〜

だいすきなキミと、いつでもいっしょ♥
心(こころ)あたたまる
どうぶつのお話(はなし)
岡崎いずみ 著
Gakken

出会うことがなければ
知らないままだった
こんな気もち
かわいい！
たのしい！
うれしい！

そして……さびしい

いつか……かなしい

そばにいるだけで

私にたくさんのことを

おしえてくれるキミ

大好きだよ!!

キミと歩く毎日が私のたからもの

心あたたまるどうぶつのお話 もくじ

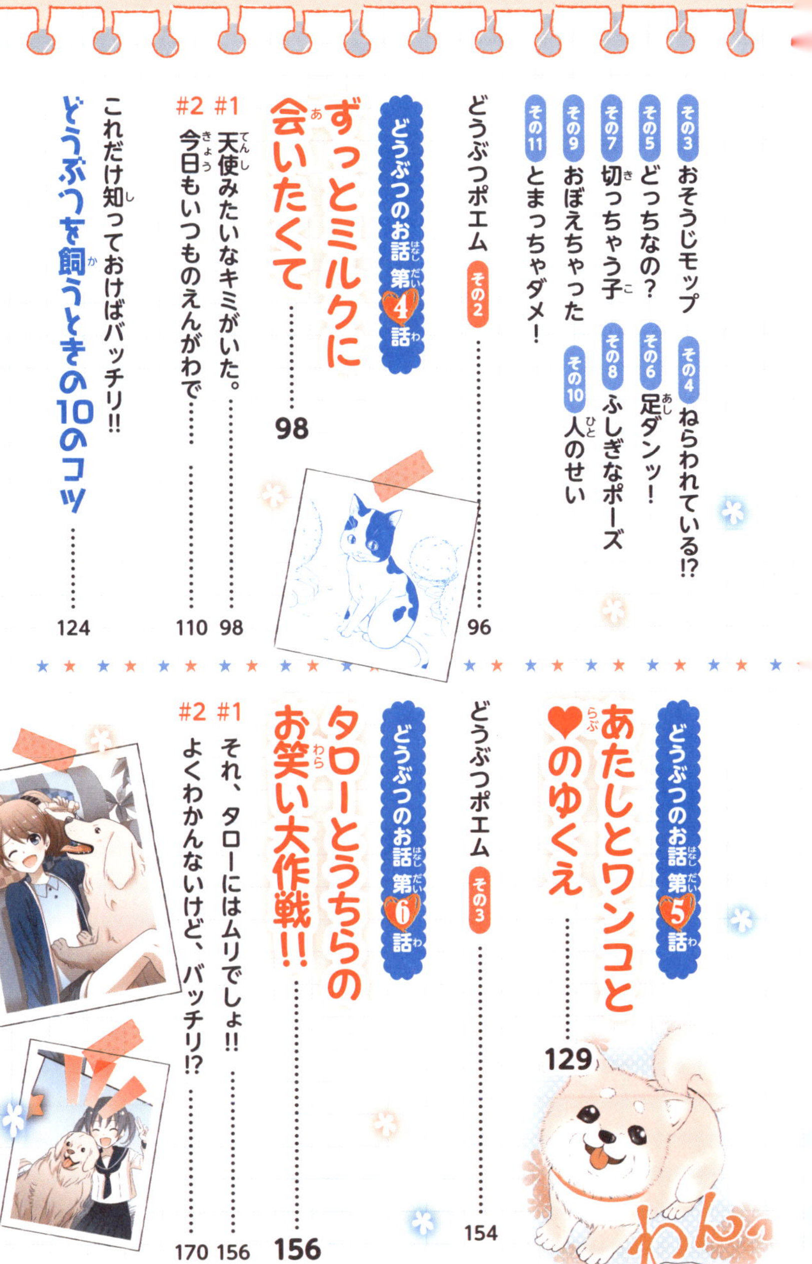

わん

※本書籍は日本全国の子どもたちが体験した、どうぶつたちとの出会いや別れなどのお話をもとに再構成したフィクションです。人物名や店名などは、実在の人物・団体などに、いっさい関係ありません。
※ご自宅のペットがまいごになってしまったり、おうちの近くで見知らぬ犬や猫などを保護した場合は、お近くの保健所や動物愛護センターに届け出る必要がある場合があります。

心あたたまるどうぶつのお話
第2話
ミャー子のしあわせ
マンガ／津久井直美
Honey
やきたてクレープ
Honey
おはよう！
ミャー子またあとでな
ミャー！
いってらっしゃいすぐお手伝いに行くね♪
バタバタバタ…
ミャー子朝ごはんよ
わたしはミャー子
パパさんママさんの店の看板猫よ！
ザラサラ
サッと干してきちゃうからねそしたらお店に出よう
ミャー！

このベンチがわたしの指定席
お! ミャー子 今日も よろしく!
ミャー
タタタ…
ランチ
ドリンクセット
open!
お客さんがきたら「ミャー」って鳴いて中のパパさんたちにお知らせするのよ
ミャー!!
じっ…
みんなのために今日もがんばるぞ!
ちびっ子は見えにくいから大声で!

ママーー！クレープ食べたいっ!!

ダメよ
お昼ごはん食べられなくなるから
えー！食べたい食べたい

でしたらツナとお野菜のクレープはいかがですか？
にこっ

ボク、お野菜は好きかな？
ふるふる
でもクレープなんだよ
ボクの大好きなクレープ！

やさい…
でも いいにおい
ドキ
ドキ
ドキ
ぱくっ
おいしー！
さすが
パパさん♪
こんにちは
ミャー！
いらっしゃいませ！
いつもありがとう
ございます
少々お待ちください
あたたかくなってきて
ミャー子ちゃんも
良かったわねぇ
いつものバナナ
クレープおねがい

いただきますね
めしあがれ♡
にこっ
ん〜……おいしい♡
やっぱりここのクレープはいいわね
ミャー！
そうでしょ！
うふふあなたもそう思う？
もちろん！ふたりが作ったクレープなんだもんぜったい世界一よ！
にこ
にこ
ひとりで来たお客さんの話し相手はわたしの大切なお仕事！

いろんななやみや
ぐちも聞いてあげるの
人間ってたいへんよね
だけど人間ってすてき
パパさんとママさんに
出会って心から
そう思う
わたしがふたりと初めて
会ったのは1年くらい前の
雨の日だったんだって──
ミュウ…
ギャア…
ミャウ…
ミュウ…

ミュウ…
やっぱり……
子猫だわ!
なんか
タッ…
すごく
弱ってるみたい……
プル
プル
ミュ…ウ…
プル…
本当だ……
いつからここに
いるんだろう
かわいそうに

ねぇこの子うちで飼おうよ
そうしてやりたいけどうちはクレープ屋さんだし……
でもこのままじゃ死んじゃう!!
う～ん
もうだいじょうぶ心配しなくていいからね
初めてママさんのぬくもりにだかれたあの日から1年……わたしはずっとしあわせ
人間の心の中の深い愛情を感じられるだから人間が大好き!!

ピクッ
あっ お兄ちゃんだ
ようミャー子!
ミャー♡ お兄ちゃん♡
ゴロ
ゴロ
ゴロ
やった♡
お、亮太
何か食べる?
パパさんママさんと もうひとり わたしが大好きな 人間
パパさんのいとこの 亮太お兄ちゃん わたしの名づけ 親なの!
かっこいい!!

わたし……拾われた
赤ちゃんのころのことは
あまりおぼえてないけど
この感覚だけ
おぼえてる
ミャウ
ママさんが見えないと
こわくて不安で
ずっと鳴いてたの
ミャウ

こまったママさんは
「いつも見えるように」と
店先につりさげたカゴに
わたしを入れたの
あら いらっしゃい
こんにちは～
お兄ちゃんに会った
のは、このころ……

ミ

ふみゃ!?
なんだ
おまえ
かわいい
なあ!

名前はなんて
言うんだ?
ミャーッ
ガシッ

ミャー？
ミャー子？
じゃーな♪
おれは亮太
近くの大学に
通ってるんだ
よろしくな！
だけどお兄ちゃんが
来てくれて
「ミャー子」って呼ぶうちに
いつのまにかみんなが
呼ぶようになったのよ
ミャー子♥
じつはね、パパさんは
わたしが元気になったら
他の飼い主さんをさがす
つもりだったんだって
それでね
わたしが店先に出てたら
お客さんがふえたんだって！
それで看板猫として
はたらきはじめたのよ

うまいなあ
もぐ…
あいつもいっしょに
……
どうしたの？いつもとちょっとちがうみたい
ミャー
すり…
ん？心配してくれてんの？

かわいいやつ おまえみたいな子が彼女だったらな～
やだホント!? うれしいっ♡

イヤッ!!
さてじゃあ もう行くな
ぎゅ♥

……
くるり‥

さいきんちょっと元気ないのよね どうしたんだろう
お兄ちゃんを笑顔にしてあげたい……

――つぎの日
ピクッ
お兄ちゃんだ！
今日は笑顔見せてくれるかな
そわ

ん!?
ちょっとちょっと！
あれだれ!?

こんにちは
じー
いらっしゃいませ！

わ！ 本当に猫ちゃんがいるー！
わぁかわいい♡
なっ本当にいただろ？
ふうん 先ぱいよく来るんだ
別に……いとこの店だからたまにね
クレープ好きなの？
こいつ ここの看板猫なんだ
!!
こいつう!?
ミャ!?
ムッ
うそばっかり！おいしいおいしいっていつも食べてるくせに

ニャーー ニャーー!!
ウソつき～～!
あはは!
先ぱいに猫ちゃんすごくなついてる!
猫好きなんだ
え?
猫好きな人ってさびしがりやなんだって
別にそんなんじゃ
ふつう ふつう
ふん! かっこつけちゃって
ムッス

ちょっとくらいこっち見てよ!!
ぽん
ぽん
んみゃ
このごろ様子がおかしかったのはきっと彼女のせいね
今日はこんなにいい笑顔
何よ、わたしに少しも話しかけないで……お兄ちゃんのばか!!

こんにちは
あらあら ミャー子ちゃん
今日は なんだか 元気ない みたいね
みゃあ
だって…… お兄ちゃんが 女の人なんかと 来たんだもん
わたしは猫で お兄ちゃんは人間 それはわかってる
でもお兄ちゃん、 わたしにちっとも きょうみない顔で 知らんぷり！
みゃうん
ふんだ！
よしよし
ここんとこ 元気がないから ずっと心配 してたのに！

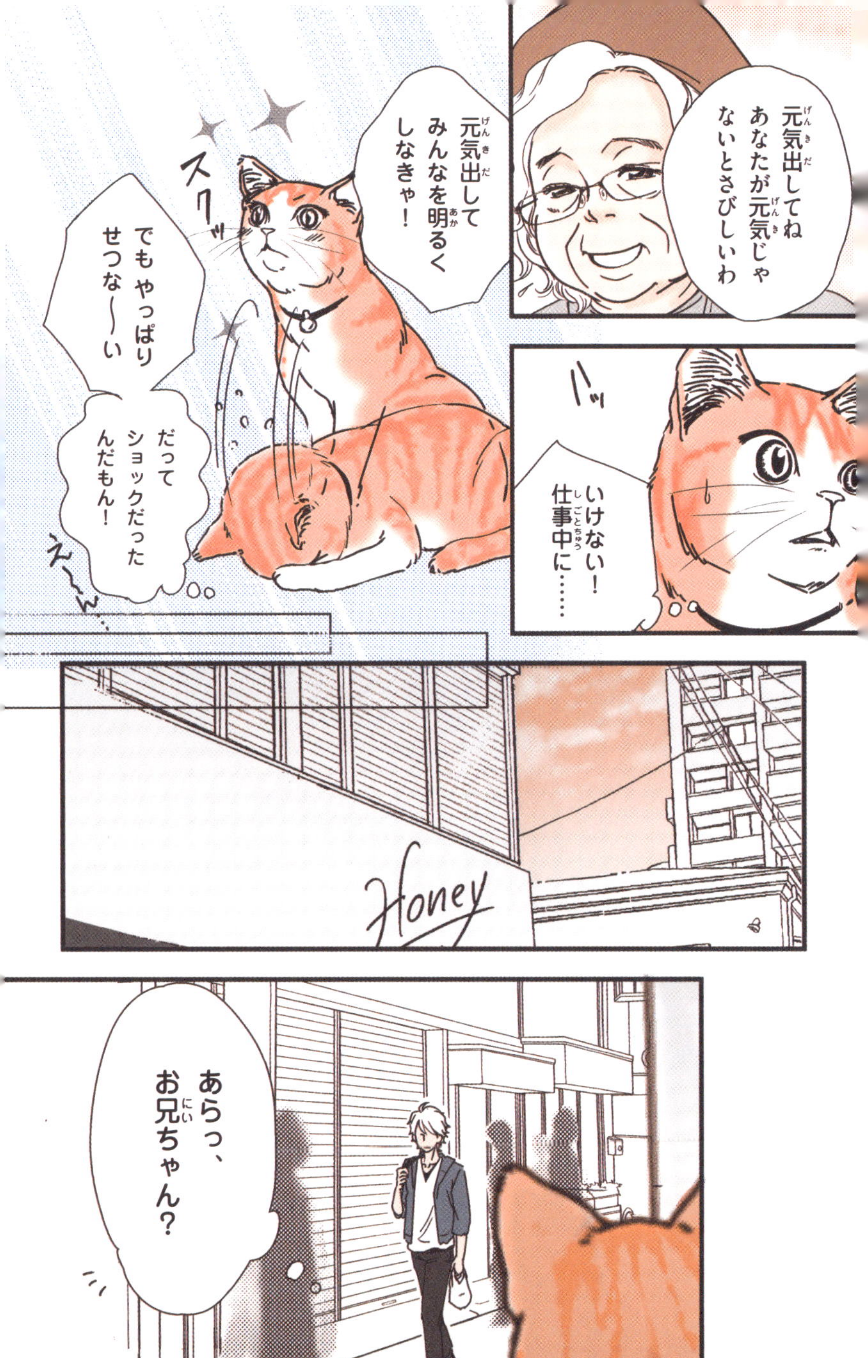
元気出してね
あなたが元気じゃないとさびしいわ
元気出して
みんなを明るくしなきゃ！
スクッ
でもやっぱりせつな～～い
だって
ショックだったんだもん！
え～ん…
ハッ
いけない！
仕事中に……
Honey
あらっ、
お兄ちゃん？

さっきはどうも
ハハ かわいい子だね
わすれものでもした？
いや……ミャー子にちょっと

ミヤア
ん？元気ないなどうしたんだ？

ぷん
ぷん
じゃあこれで元気出るかな
大好物だろ
猫旨!!
ぷいっ
？
なんだよつれないな
だれのせいだと思ってるのよ!!

おまえへの
お礼にもって
きたんだぞ
？
ガーン!!
おまえのおかげで
彼女とつきあう
ことになったんだ
わたしの
おかげ!?
かわいい猫のいる
クレープ屋さんに
行こうって
今日、やっと
さそえたんだ
ドキ
くやしいけど
やっぱりこの笑顔
大好き!!

そっか 彼女か……
ありがとうな ミャー子
でも、お兄ちゃんが 笑顔になって うれしい♡
ミャー！

数日後──

亮太先ぱい！
やっぱりクレープ
好きなんでしょ？
悪いか？

うーん かわいいっていうか
男の人にどうかな～って
いうか……なんか意外！
くすくす
ミャー♡
いくら
彼女だからって
わたしのまえで
なれなれしく
しすぎよね!?
すり…

おまえは
わかってくれる
よなー
クレープ好きの
男だって変じゃ
ないよな～
ミャーーン♡
もっちろん!
ぜんぜん
ヘンじゃないわ
ゴロゴロゴロ♡
そうだろう
わかって
くれるって
信じてたよ
先ぱい
本当は
猫ちゃんも
大好き?
顔がデレデレ
ふつうとか
言っといて
ミャーーン♡
お兄ちゃんは
「猫」じゃなくて
わたしが好き
なの!!

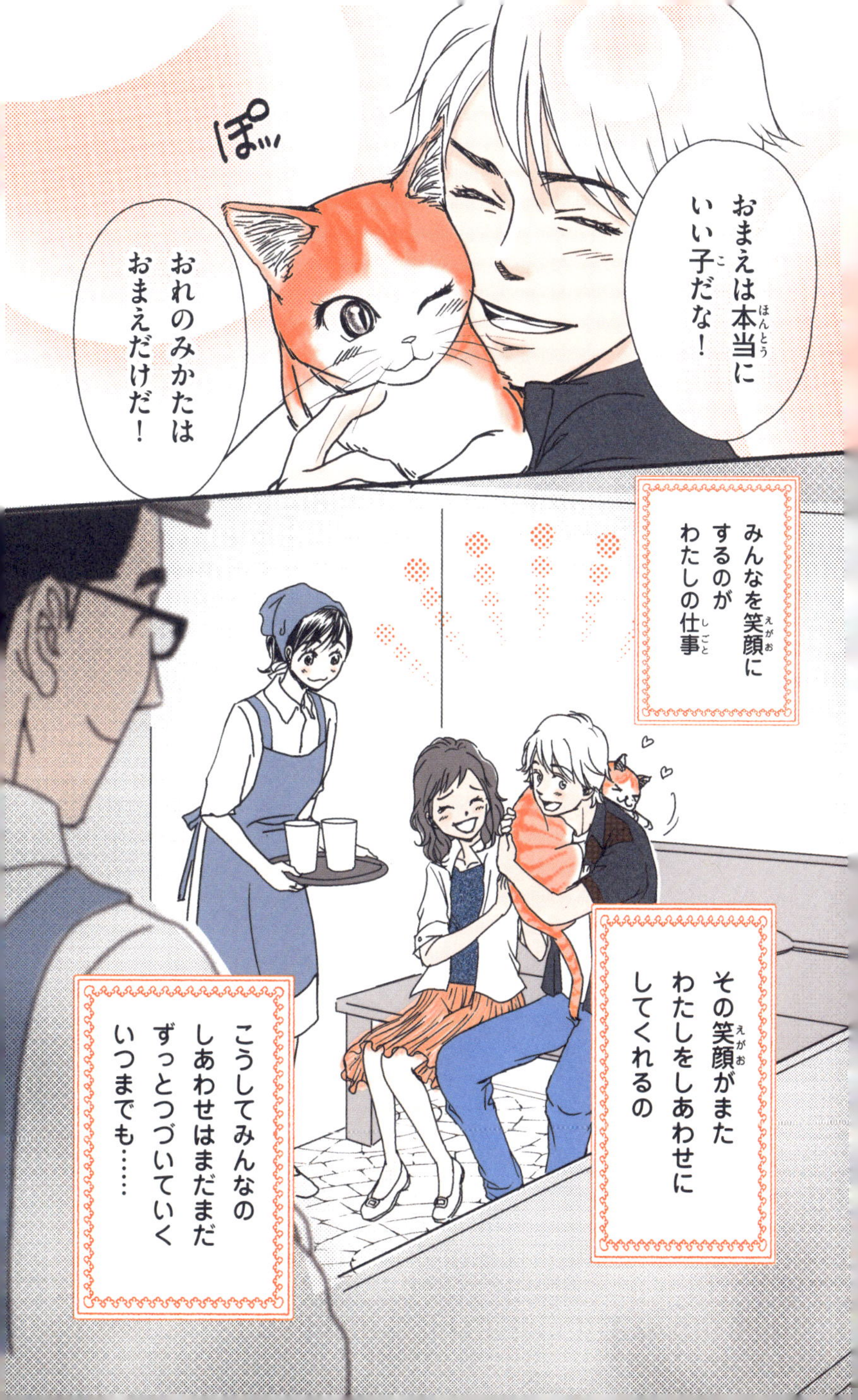
おまえは本当にいい子だな！
ぽッ
おれのみかたはおまえだけだ！
みんなを笑顔にするのがわたしの仕事
その笑顔がまたわたしをしあわせにしてくれるの
こうしてみんなのしあわせはまだまだずっとつづいていくいつまでも……

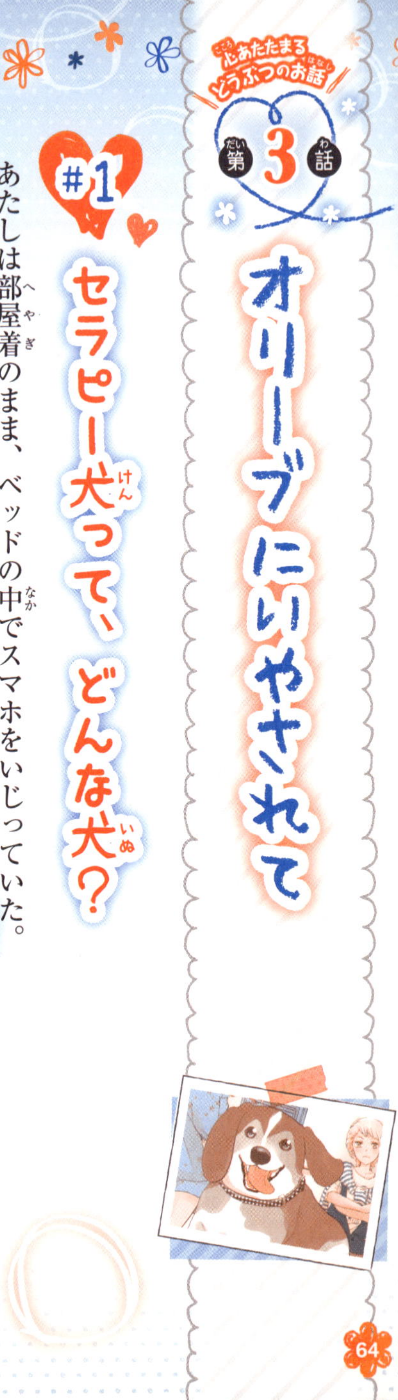

心あたたまるどうぶつのお話

第3話 オリーブにいやされて

#1 セラピー犬って、どんな犬？

あたしは部屋着のまま、ベッドの中でスマホをいじっていた。

友だちに連絡するわけでも、ゲームをするわけでもなく、ただネットを見てるだけ。

「虹奈？　起きてる？」

ママがゆっくりとドアをあけて、そのすきまから顔を出す。あたしはスマホに視線をおとしたまま答えた。

「起きてるよ」

「ママ、お仕事行くけど。さっき愛佳ちゃんから電話があって、お昼ごろ来るって……」

「うん、わかった」

パタンと音を立ててドアがしまると、あたしはまくらの上にスマホを放りなげ、起きた。しばらくすると、玄関のかぎをかける音がして、ママが出かけていったのがわかる。

あたしはだれにも聞こえない、ちいさなためいきをこぼした。

半年前、中学校に入学したばかりのあたしは、それなりに学校生活を楽しんでいた。小学校からいっしょだったチサとは、クラスはバラバラになってしまっても、あいかわらずなかよしだったし、新しい友だちもたくさんできた。

それが、どこで、どうおかしくなったのか、夏休みが終わって、二学期がはじまったころから、**あたしは学校に行けなくなった。**

すごく行きたくないってこともないし、いじめられているわけでもない。

ただ、朝になると、なんとなくだるくて、学校を休む日がふえた。

完全に不登校ってわけでもない。週に二、三日くらいは登校してるし、友だちともふ

つうに話してる。最近は、おなかが痛くなったり、熱が出たりして、本当にムリって思う日もあるけど、お昼ごろになると別になんでもなかった。

だれもいないリビングに行って、テレビをつけると、また、ためいきが出た。

（……あたし、何やってるんだろう）

このままでいいなんて、思ってない。

「だれにだって、そういう時期があるものよ」と、ムリに学校に行きなさいとは言わないママの顔が、少しだけかなしそうなのもわかってる。そのたびに胸がチクッと痛む。

でも、自分のことなんだけど、その自分のことがよくわからない。

テレビはつぎからつぎへと新しいニュースを伝えていく。

あたしがこんなでも、世界は動いてた。

★☆★☆★☆★☆

玄関をあけて、愛佳ちゃんがキャリーバッグを持っていることに気づいたあたしは、

パッと顔をかがやかせる。

「オリーブつれてきてくれたの？」

愛佳ちゃんはそれには答えず、あきれたような表情になった。

「まだそんなかっこうしてるの？　やることないなら、学校くらい行けば？」

いとこの愛佳ちゃんは、四つ年上のお姉さんで、あたしのあこがれだった。おしゃれだし、頭もいいし、大学生になってからは、すごく大人っぽくなって、あたしもいつか愛佳ちゃんみたいになりたいって思ってる。

だから、愛佳ちゃんには、何を言われても平気だった。ママが言えないようなこともズバズバ、言いたいことを言ってくる愛佳ちゃんだけど、それは愛佳ちゃんが裏表なくあたしにせっしてくれてる証拠で、あたしも愛佳ちゃんになら言いたいことが言えた。

あたしが不登校ぎみになってからは、ときどきこうして愛犬のオリーブをつれてきてくれるようになった。たぶん、学校に行かないあたしの心配もしてくれてるんだと思う。

「オリーブ、おいで」

声をかけると、オリーブはキャリーバッグから飛びだして、あたしにむかってくる。

ビーグル犬のオリーブは大きなたれ耳がかわいくて、とってもおりこうさんの女の子。

まだ四歳だけど、人間でいうと、もうすっかり大人なんだって。

「きゃあ、今日もかわいい。いっぱいあそんであげるからね」

あたしがボールを投げると、オリーブはうれしそうにボールを追いかけていく。でも、

くわえたボールは、あたしじゃなくて、愛佳ちゃんのところに持っていってしまった。

「信頼関係の差ね。まだまだ虹奈には、なついてないんじゃない？」

オリーブの頭をなで、おやつをあげながら、愛佳ちゃんは勝ちほこった顔をしていた。

あたしはほほをふくらませ、ふてくされる。

「だいぶなかよくなれたと思ったのにな……」

うちに来てくれたときには、かならずいっぱいあそんであげてるのに、あたりまえか

もしれないけど、飼い主さんには勝てないみたい。
そんなあたしの気もちを知ってか、知らずか、オリーブはすねてるあたしに近づいてくると、あたしのほほをなぐさめるように **ペロッ** となめた。
「ずるいよ、オリーブ。そんなかわいいことされたらおこれないじゃん」
「オリーブは虹奈のこと妹だと思ってるんだよね。あそんでもらってるのはオリーブじゃなくて、虹奈のほうなんじゃない？」
「ええー、うそでしょう？　オリーブ、そうなの？」
あたしが問いかけると、オリーブはビー玉みたいにくりくりの大きな目で、あたしのことをじっと見つめてくる。でも、すぐにぷいっと身をひるがえすと、床にころがっていたぬいぐるみとじゃれあって、ひとりであそびはじめた。
「……いいな、オリーブは。そうやってあそんでいればいいんだもんね」
あたしがひとりごとのようにつぶやくと、愛佳ちゃんはすこしだけムッとした顔で、大きく首を横にふった。

「ちょっと失礼なこと言わないで。オリーブはちゃんと人の役に立ってるんだから」

あたしがわずかに首をかしげると、愛佳ちゃんはちょっとえらそうにして口をひらく。

「オリーブはね、セラピー犬なのよ」

「セラピー犬？」

きょとんとするあたしにむかって、愛佳ちゃんはていねいにおしえてくれた。

「セラピー犬っていうのはね、お年寄りの方々とか、病気の子どもたちとふれあって、その人たちの心や体をいやすことができるワンコたちのことなの。アニマルセラピーっていって、ちゃんとした医学的治療のひとつとしても、みとめられてるんだから」

「へえ、すごいじゃん、オリーブ」

あたしにほめられて、オリーブがうれしそうにしっぽをふる。

それから、アニマルセラピーっていうのに、ちょっとだけきょうみをもったあたしは、

愛佳ちゃんから、アニマルセラピーの話をいろいろ聞かせてもらった。

セラピー犬になるために、ワンコも飼い主さんも訓練が必要なので、愛佳ちゃんは、ずっとまえから、オリーブといっしょにアニマルセラピーの訓練をしてきたんだって。

「**まだまだ私もオリーブも見習い中**って感じだけど、このまえ行った先の人に笑顔で『ありがとう』って言われたときは、ちょっと感動して、泣きそうになっちゃった」

そうやって話す愛佳ちゃんは、なんかキラキラしてて、あたしは聞いているうちに、もっとアニマルセラピーについて知りたいと思った。

でも、それと同時に、どんどん自分がなさけなくも思えてきた……。

「すごいね、オリーブも、愛佳ちゃんも。あたしなんか学校にさえ行けなくて……」

気がつけば、なみだがこぼれてた。でも、なんで泣いてるのか、自分でもよくわからない。

「ごめん……あたし…どこかおかしいのかな」

「バカね。おかしくないよ。泣いたり、おこったり……それでこそ中学生、でしょ？」
そう言うと、愛佳ちゃんはあたしのほほを思いっきりつねった。
「痛った～い！」
「痛いのは生きてる証拠。おちこんでるヒマがあったら、何か始めてみたら？　十代なんて、あっというまに終わっちゃうんだから！」
「愛佳ちゃんだって十代じゃん」
「あと二か月でハタチだって。十代なんて、やりたいことやらなきゃもったいないよ」
「やりたいことかぁ、なんかあるかなあ……」
きゅうにそんなことを言われて、とほうにくれていると、愛佳ちゃんが、いいこと思いついた、って感じで目をかがやかせている。
「そうだ、虹奈もいっしょに行こうよ」
「どこに？」

それには答えず、愛佳ちゃんは自分の手帳を取りだすと、ペラペラとめくりはじめた。

「来月の……十五日……土曜日だ。ちょうどいいかも、学校も休みだし……」

言いながら愛佳ちゃんは、じとっとした視線をあたしに向ける。

「なっ、何が？　どこに行くの？」

あたしが、わけがわからず、とまどっていると、愛佳ちゃんはニコッとほほえんだ。

「アニマルセラピー、じっさいに見てみたいと思わない？」

「……行ってもいいの？」

「うん、見学するだけならね」

「……行く、行きたいっ！」

あたしがきゅうに大きな声を出したから、**オリーブは全身をビクッとさせた。**

「それじゃ、決まりね」

愛佳ちゃんの言葉にうなずきつつ、あたしは自分がワクワクしてくるのを感じていた。

#2 あたしにも、できるはず……

愛佳ちゃんと約束したまえの日の夜、あたしはねむれなかった。アニマルセラピー、とっても楽しみだけど、やっぱり不安もあって、ワクワクしたり、ドキドキしたり……なんかふしぎな気分。

（そういえば、小学校のころ、遠足の前の日って、いつもこんな感じだったっけ）

何かを楽しみにして、ワクワクするなんて、そんな感覚はひさしぶりだった。

朝、愛佳ちゃんといっしょに集合場所に行ってみると、そこには、ボランティアの人たちと五匹のワンコたちがいた。

チワワやトイプードルみたいな小型犬や、大型犬のゴールデンレトリーバーまで、いろいろいて、それだけであたしのテンションは上がっていた。

「かわいいいね。それに、みんなすごくおりこうさん」

「みんな、きちんと訓練を受けてるからね」

そう言ったのは、ボランティアリーダーの鈴木さんだった。

ワンコだけでなく、ボランティアさんにもいろんな人がいる。リーダーの鈴木さんは獣医師さんで、他にまだ獣医師さんになるための学校に通っているっていうお兄さんもいれば、ふつうの会社員の人とか専業主婦の人とか……本当にはば広いなぁと感じた。

おうちでワンコを飼っていない人もいて、そういう人は鈴木さんのところのワンコをつれていったり、ほかのボランティアさんのお手伝いをしたりするんだって。

それから、あたしと愛佳ちゃんは目的地に移動するため、オリーブといっしょに車に乗りこむと、そこでも鈴木さんはいろんなことをおしえてくれた。

「今日行くのは、病院だけど、ぼくたちが行くのは、子どもやお年寄りのいる施設が多いから、とにかく犬たちの健康や衛生管理には気をつけているんだ」

さわられてもほえないとか、他のワンコがいてもしずかにしていられるような訓練を

するのはもちろん、定期的に健康診断を受けたり、施設をおとずれるまえには、かならずみんなシャンプーや歯みがきをしたりして、きれいにしておくんだって。

そんな話を聞くまでは、〝**ワンコといっしょに人の役に立てるなんてすてき**〟とか、かんたんに考えてたけど、想像していたよりもたいへんそうだなって思った。

目的地についたら、あたしたちは集会所みたいな広い場所に通された。すぐに子どもたちとワンコがあそんだりするのかと思ったら、まずはそこに集まった子どもたちに、ワンコたちのあつかいかたを、おしえることから始まった。

それが終わると、やっと、ふれあいの時間。

ボランティアの人たちが近づいていくと、子どもたちの表情がパッと明るくなる。すぐにワンコに手をのばす子もいれば、こわがってなかなかさわれない子もいる。

それでもしばらくすると、どの子もさわれるようになって、いつのまにか部屋の中が、楽しそうな笑い声でいっぱいになった。

PIC-NIC

それは、なんだかとてもすてきな光景で、見ているだけのあたしまで、心があたたかくなるような気がした。

★☆★☆★☆★☆

「どうだった?」

愛佳ちゃんはキャリーバッグからオリーブを出してあげながら、あたしのほうにふりかえって言った。**オリーブは、うれしそうにリビングをかけまわっている。**

「たいへんそうだけど、やっぱりすてきだなって思った」

「そうでしょう? ちょっと感動しちゃうでしょ」

あたしはコクンとうなずくと、走りまわるオリーブを見つめながら口をひらいた。

「病院の子どもたちの顔がどんどん変わっていくのがわかって、すごいなって……」

「やってみたくなった?」

「うん、でも……」

あたしには、できないと思った。
ボランティアさんとワンコたちを見てて、あたしが思ったこと、それは……。
みんなすごくワンコの心によりそってるなってことだった。
ワンコたちの気もちを考えて、ワンコも子どもたちも、みんなが楽しくなれるような環境を、いっしょうけんめい作ってるんだって。
だから、自分のことさえ、どうしていいのかわからないあたしにはムリだと思った。
そんなあたしの気もちをさっしてか、愛佳ちゃんはやさしい口調で話しはじめる。
「ねえ、虹奈。今日会った、あの子たちの中にはね、入院と退院をくりかえして、たまにしか学校に行けない子もいるし、病院からほとんど出たことのない子もいるんだよ。お医者さんの許可がもらえなくて、あの部屋に来ることさえできない子だっているの」
おどろいて声も出ないあたしの前で、愛佳ちゃんはふくざつな表情をうかべていた。
「でもね、みんながんばってる。学校に行けなくても、公園で走りまわってあそべなく

ても、それでもがんばって病気とたたかってるんだよ」

愛佳ちゃんの言葉は、あたしの胸にグサッとささった。

あたしは、がんばってきたかな。

何かとたたかおうとしたかな。

毎日学校に行くことをあきらめたあたしは、今また、アニマルセラピーというすてきな夢をあきらめようとしている。

「……あたしにも、できるかな」

あたしの声は、今にも消えいりそうなくらいちいさかった。

前に進むには、まだまだ勇気がたりなそうだった。

「できるよ！　だって虹奈は元気なんだもん。行きたいと思えば、どこにだって行けるし、なんだってできるんだよ」

あたしを勇気づけようとしているのか、愛佳ちゃんは

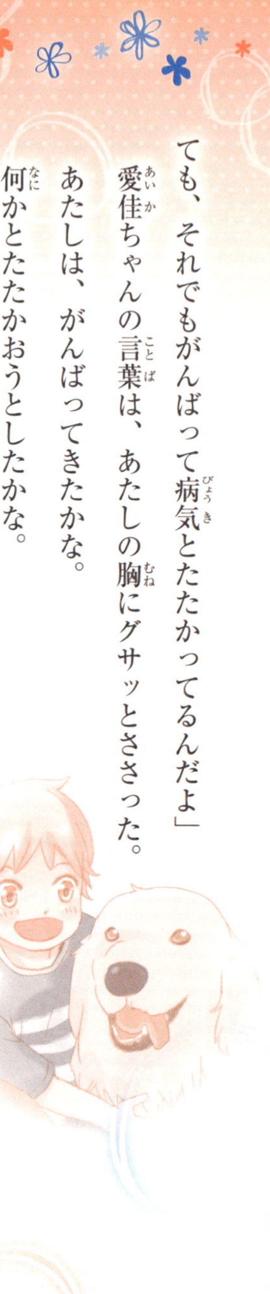

いつになく力強く言うと、あたしの肩をぎゅっとだきしめる。

「オリーブも、そう思う？」

あたしが聞くと、**ボールとじゃれていたオリーブが元気にほえた。**

あたしは目にいっぱいなみだをためながら、笑顔になる。あたしのなかで、何かが変わろうとしていた。

★ ☆ ★ ☆ ★ ☆ ★ ☆

愛佳ちゃんが帰ると、あたしはすぐにネットでアニマルセラピーについて調べた。

それでわかったのは、アニマルセラピーの活動は、ワンコを飼っていなくても、資格がなくても、中学生でもできるってこと。

ただ、やっぱり、すぐにできることはかぎられるみたい……。

そこであたしが見つけたのは、アニマルセラピストになるための専門学校だった。専門的な知識を学べて、資格も取れて、いずれは職業にもできるかもしれない。

あたしは、その学校のホームページを、仕事から帰ってきたママにさっそく見せた。

「ねえママ、あたし、この学校に行きたいの！」

とつぜんのことに目をパチパチさせながらおどろいているママに、あたしは今日のできごとを話して聞かせる。

「どうしたのよ、きゅうに……」

「……でね、その女の子はね、はじめはこわがってたんだけど、オリーブのことをなでているうちに、笑顔になって、さいごにはだっこまでできるようになったんだよ」

ママはうれしそうに目を細めながら、あたしの話を聞いていた。

「すてきな夢ができたじゃない、虹奈」

「ホントに？　本当にそう思う？」

「うん、ママは応えんする。虹奈の夢だもの。いっしょうけんめい応えんするよ」

そう言ったママは、泣いているようにも見えた。

そのとき、**あたしは、自分がママにいっぱい心配かけてきたんだ**って、思った。

今までもそう思わなかったわけじゃない。でも、このときの実感は、なんか今までよりも、もっと心にズンとくる重みみたいなものがあって、あたしはもっとがんばらないといけないなって気もちにさせられた。

それから、あたしは夢をかなえるためにはどうすればいいか、ママと話しあった。

いろいろ話した結果、やっぱり今はまず、学校に行けるようになることを目標にしようってことになった。

「いきなりがんばらなくていいから、虹奈のペースで、ゆっくり進んでいけばいいのよ」

そう言うと、ママはあたしの手をそっとにぎった。

コクンとうなずいたあたしは、ママの手のあたたかさを感じていた。

★☆★☆★☆★☆

目標ができたあたしは、学校に行くのが、少しだけ楽しくなった。まだ、毎日行くの

はムリだったけど、それでも、少しずつ登校できる日はふえていった。
「なんか、がんばってるみたいじゃない？」
ひさしぶりにあそびに来てくれた愛佳ちゃんに、あたしはおもいっきりふきげんそうな顔をして見せる。
「なんで愛佳ちゃんひとりなの？　オリーブは？」
すると愛佳ちゃんは、にやにやしながらあたしの顔をのぞきこんだ。
「ちょっとね、ストレスをあたえたくなくて……」
「それどういう意味？　あたしがオリーブのストレスになるってわけ？」
あたしがムッとした顔をしても、愛佳ちゃんはまだにやにやしている。
「まっ、それも否定しないけど、じつはね……」
もったいぶった言いかたに、あたしがイライラしていると、愛佳ちゃんは両手を大きく広げて、声をはりあげた。

「えぇーーっ！」

愛佳ちゃんの言葉にあたしはびっくりして、思わずさけんでしまった。

「初めて出産をするには、ちょっとオリーブは年齢がいってるからね。念のため、遠出はやめとこうかなって……ということで今日はお留守番なの」

「いつ生まれるの？　ねえ、生まれたら見にいっていいでしょ？」

こうふんして、まくしたてるあたしのまえで、愛佳ちゃんはまたにやにやする。

「もちろん、見にきてもらうし、虹奈には出産にも立ち会ってもらうわよ」

「えっ！　あたしが出産に!?」

「あたりまえでしょ、飼い主さんなんだから」

「えっ、えっ、それって、何、どういうこと？」

「おばさんにもおじさんにも、もう許可はとってあるから。責任もって、かわいがりなさいよ。未来のアニマルセラピストさん」

「もしかして、もらえるの？　子犬……あたしが、飼い主!!」

あたしはうれしすぎて、愛佳ちゃんに飛びついた。愛佳ちゃんはあきれた顔をしながら、あたしの頭をまるでオリーブにそうするみたいになでてくれた。

★☆★☆★☆★☆

どんな名前にしようかな……あたしの頭の中は、子犬のことでいっぱい。

男の子かな……女の子かな……そのとき、あたしの世界も動きだした気がした。

これから始まるあたらしい毎日に、胸をワクワクさせながら。

マンガ／あいはらせと

どうぶつたちの、おもしろいけどちょっぴりこまったところを、みんなにおしえてもらったよ♪　飼ってる人ならぜったい「あるある～！」って、うなずけちゃうことばかりかも!?

その2
大型犬のパワー
（島根県／七菜香ちゃん）

ラブラドールは強いし、かしこいしおすすめだよ☆
へーお手！
どれどれ？
ズドーン
グキッ
ね？
強いでしょ？
ほんとだ……
できたよほめてほめて
ズキ
ズキ

その3
おそうじモップ
（北海道／陽奈ちゃん）

ハムスターはすぐにせまい場所に入りこんでしまう
お散歩だーい
だっ
そろそろ出ておいで～
ひょいっ
わたぼこりまみれ！
ごめん……ソファーの下もちゃんとそうじするね

その4

ねらわれている!?

（宮城県／紗恵ちゃん）

その5

どっちなの?

（東京都／杏奈ちゃん）

その6
足ダンッ!
(茨城県/彩子ちゃん)

パチン
パチン
パチン
パチン
イラ
イラ
その音キライ!!
ダンッ
パチン
ダンッ
足音でおこらないでよ~
もう終わるよ~
パチン
ダン

その7
切っちゃう子
(埼玉県/せいらちゃん)

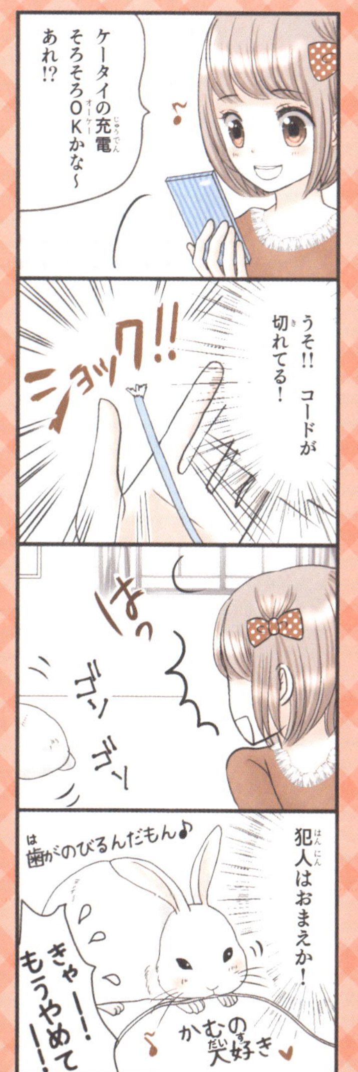
ケータイの充電そろそろOKかな~
あれ!?
うそ!! コードが切れてる!
ショック!!
はっ
ゴソ
ゴソ
犯人はおまえか!
歯がのびるんだもん♪
きゃー!! もうやめてー!!
かむの大好き

その8
ふしぎなポーズ
（大分県／鈴ちゃん）

カメは日光浴が必要なんだって
へー
お日様ウレシイ
にゅっ♪
ピーン☆
これでくつろいでいるみたい
見てるこっちはリラックスできないよ

その9
おぼえちゃった
（大阪府／小夏ちゃん）

ごはんだよ〜♪
そろそろごはんよ〜
はーい お母さん
スィー
お父さんごはんだってー
スィー
ん？
「ごはん」って言葉おぼえちゃったのね
ごはん？

その10
人のせい
（愛知県／友実ちゃん）

羽根が頭にささってるよ〜

ブチッ
!!

ギャー
ギャー
プン
プン
えええ!!
自分でやったのに
私におこるの!?

その11
とまっちゃダメ！
（千葉県／心ちゃん）

今日は
家庭訪問だから
かごに入ろうね
ピンポーン

ぱたたたた
あっ！
ピーちゃん
どこ行くの？

ちょん♪

先生!!
お気になさらず

つらいときでも
かなしいときでも
キミの声を聞くと
あたしは
元気になれる
負けそうなときゃ

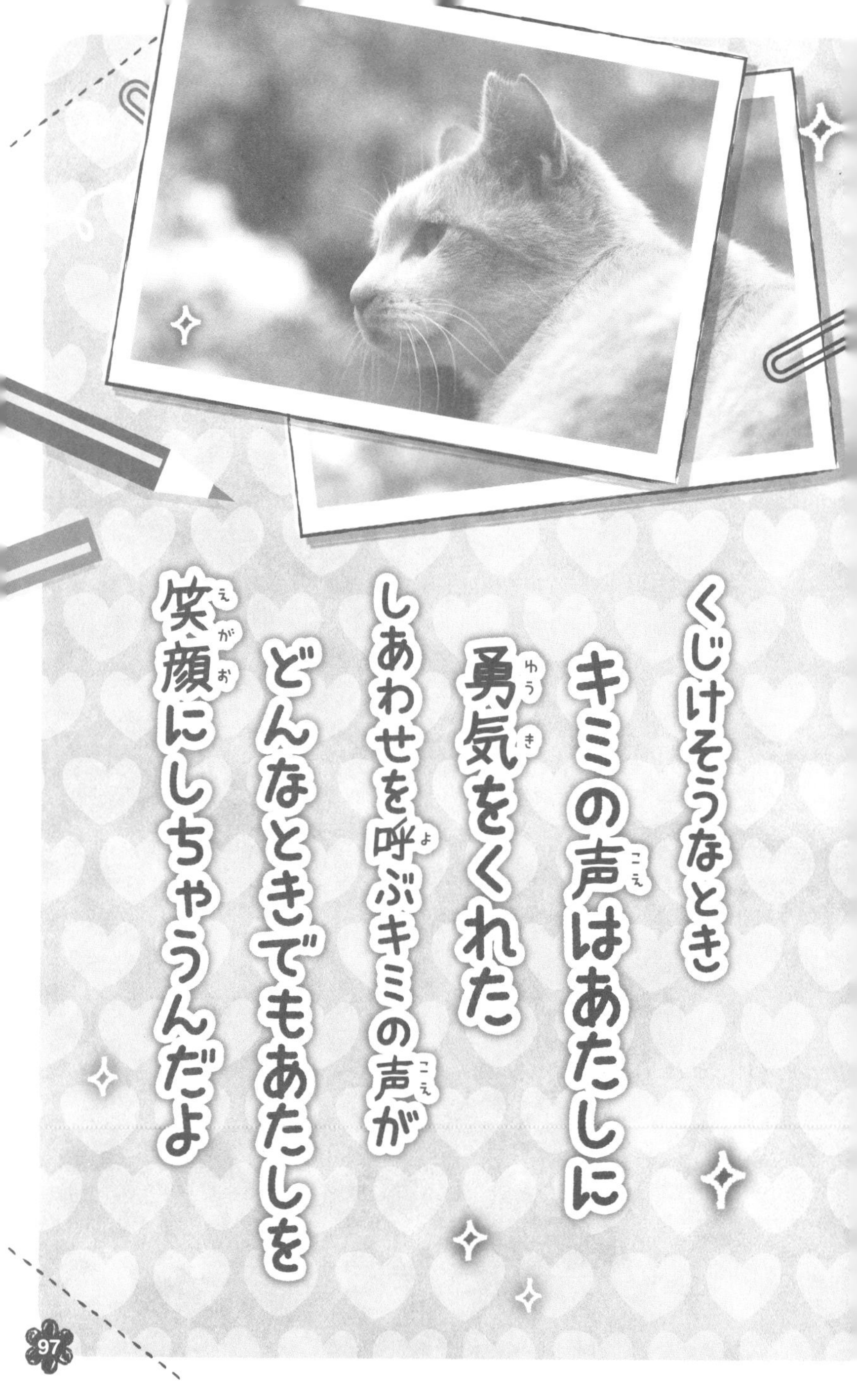
くじけそうなとき
キミの声はあたしに
勇気をくれた
しあわせを呼ぶキミの声が
どんなときでもあたしを
笑顔にしちゃうんだよ

ずっとミルクに会いたくて

天使みたいなキミがいた。

あたしのおじいちゃんは、おばあちゃんとすごくなかよしで、ふたりしてカステラを食べながら、ほうじ茶を飲むのが大好きだった。そして、猫をかわいがっていた。

あたしが生まれるずーっとまえに、うちで飼っていた猫。

「小太朗は、おくびょうなくせにやんちゃでね。家中ひっかきまわされてたいへんだったけど、にくめないやつだったんだ。七海にも会わせてあげたかったな……」

小太朗っていう名前の、その猫の話をするとき、おじいちゃんはいつもやさしい顔をしていた。あたしはそんなおじいちゃんが大好きだった――。

「おばあちゃん、今日も部屋にいるの？」
「ええ、体調が良くないから、部屋で休むって……」
キッチンで夕ごはんの準備をしながら、ママが心配そうにためいきをこぼす。
あたしは、おばあちゃんのいる部屋の前まで行ってはみるものの、何もできずにキッチンに引きかえす。
おじいちゃんとふたり、えんがわにすわってお茶を飲む。それがおばあちゃんの日課だった。つい一か月前までは……。

★☆★☆★☆★☆

——それは、あまりにもとつぜんのことだった。
あの日も、おばあちゃんとおじいちゃんは、いつものようにえんがわでお茶を飲んでいた。それから、おじいちゃんだけが、自分の部屋にもどっていった。

学校から帰ってきたばかりのあたしは、いつもと同じように夕ごはんの準備をしているママのとなりで、つまみ食いをして、おこられたりしていた。

そんな、あまりにもあたりまえで、なんの変わりのなかったある日、おじいちゃんはとつぜん、天国へと旅立っていってしまった——。

★☆★☆★☆★☆

「おばあちゃん、だいじょうぶかな……」

あたしがひとりごとみたいにつぶやくと、ママは食器をならべながら、さっきより大きなためいきをついた。

「……たまには外に出て、お散歩でもしたほうが、少しは気分もはれると思うんだけど……ムリにつれだしてもね……」

おじいちゃんが亡くなってから、おばあちゃんはずっとふさぎこみがちで、元気がなかった。自分の部屋にとじこもることが多くなって、えんがわにもすわらなくなった。

あたしはだれもいないえんがわに行くと、しずかに空を見上げた。

(おじいちゃんが死んじゃったあの日も、きれいな夕日だったな……)

だいだい色の空の下で、庭にある木々がキラキラとかがやいている。

見なれたはずの景色が、やけにきれいに見える。

そんな中、だれもいないえんがわは、ひどくさみしく見えた。

(ああ……また泣いちゃいそう……)

あたしまで落ちこんでたら、いつまでたってもおばあちゃんが元気になれない。おばあちゃんが元気になるまで、泣くのはよそう。

そう決めたはずなのに、ときどきこうやって、どうしようもなく泣きたくなる。

目じりににじんだなみだをぬぐい、居間にもどろうとしたときだった。

「……ミャウ」

気のせいかと思いながらふりかえると、庭のまんなかに、ちいさな影が見えた。

「……ミャウ」

もう一度聞こえたその声は、今にも消えいりそうなほどだったけど、たしかに猫の鳴き声だった。

あたしはサンダルをはくと、暗くなりかけた庭に下りた。

おどろかさないように、こわがらせないように、しのび足でちいさな影に近づく。

近くで見たその正体は、ちょこんとすわった三毛猫だった。

「どうしたの？　キミ、どこのコ？」

その猫は、逃げるどころか、話しかけるあたしをじっと見上げている。

「まいごになっちゃったのかな？　んん!?　でもキミ、首輪してないね……。飼い猫

じゃないのかな……」

「七海、ごはんよ……あら、何？　猫？」

「**しーっ**、大きな声を出したら、逃げちゃうよ」

あたしは人さし指を口にあてながら、ママにむかって言った。

「ごめん……でも、このコ、ずいぶん人になれてそうじゃない……逃げようともしないいし、おびえてもいないし……あら、でも首輪してないのね。もしかして捨て猫ちゃんかしら……」

そう言うと、**ママは手をのばし、なれた手つきで猫の首のあたりをなでた。**

そんなママを見たあたしは、びっくりしていた。

「**ママ!?**　猫……きらいなんじゃないの？」

「やだ、きらいなわけないいじゃない」

「えっ……だって、あたしがいくら飼いたいって言っても、いつもぜったいにダメって言って、ゆるしてくれなかったじゃない」

おじいちゃんが小太朗の話をしてくれるたび、あたしはずっとママに猫を飼いたいってお願いしてきた。でも、いつもかえってくる答えは同じだった。

「ダメよ。ぜったいにダメ！」

だから、てっきりママは猫がきらいなんだと思ってた。

「猫は大好きよ。ただ飼いたくないだけ……」

「どうして？」

「それは……小太朗とのお別れがつらかったから……」

それからママは、小太朗が天国へ旅立ったときの話をしてくれた。まだママがあたしくらいの年のときに、小太朗とお別れしたときの話。

「だから、決めたのよ。あんなつらい思いをするくらいなら、もうどうぶつなんて二度と飼わないって……」

言いながらママは、ずっと見知らぬ**三毛猫の背中をいとおしそうになでていた。**

あたしは、えんがわをふりかえりながら、また泣きそうになるのをこらえる。

(なんだか、しずかすぎて、うちじゃないみたい……)

かけがえのない家族をうしなったあたしの家が、むかしみたいなにぎやかさを取りもどすまでには、まだまだ時間がかかりそうだった。

おばあちゃんは、つぎの日も、食事のときくらいしか部屋から出てこなかった。あたしは部屋のまえまで行ってみるけど、やっぱり何もできずに引きかえしてくる。このところ毎日、こんなことがつづいていた。

(あたしがこんなにかなしいんだもん。きっとおばあちゃんは、もっともっとつらい気もちなんだよね……)

そう思うと、なんて声をかければいいのかさえ、わからない。

そのとき、庭のほうから聞こえてくる、高く、か細い声に、あたしはあわててえんがわにかけよった。

「キミ、今日も来たの？」

庭のまんなかでは、昨日の猫が、今日もちょこんとすわっている。

「昨日の夜は、どこに行ってたの？　ちょっと目をはなしたすきにいなくなっちゃうんだもん」

「……ミャウ」

おびえるわけでも、こわがるわけでもないその猫は、あたしをじっと見上げてから、かわいく鳴いてみせた。

そのすがたが、あたしには、何かをうったえているように見えてしかたなかった。

「もしかして、おなかが空いてるの？」

「……ミャァウ」

さっきとは少しだけちがう鳴き声に、あたしはいてもたってもいられなくなって、すぐにキッチンへと走る。

「どうしたの？　そんなにあわてて……」

キッチンにかけこむと、ママがおどろいてふりかえる。

「昨日の猫ちゃん、また来てるの……たぶんおなかが空いてるんだよ。ねえ、ママ、なんか食べものない？」

「ダメよ、エサなんてあげちゃ」

「どうして？」

「飼う気もないのに、無責任にエサなんてあげられないわ」

「じゃあ、飼おうよ。ちゃんと飼えばいいんでしょ？」

ママはそんなあたしをこまったような顔で見ながら、大きく首を横にふる。
「ペットを飼うなんて、そんなかんたんに決められないわ。七海、あなたひとりの問題じゃないのよ」
たしかに、ママの言うとおりだと思った。
でも……でも！　一度口にしてしまった気もちが、あたしの心の中でどんどんとふくらんでいく。
（うちで飼えたらいいのに……）
そう思いながらも、あたしはしかたなく手ぶらのまま、えんがわにもどった。
でも、さっきまでいた場所に、もう猫はいなかった。
（また来てくれるといいな……）
だれもいない庭を見下ろしながら、あたしはそう願わずにいられなかった。

#2 今日もいっつものえんがわで……

あたしの願いがとどいたのか、猫はつぎの日から毎日、うちの庭にやってきた。あたしは、何をするわけでもなく、庭のまんなかで、えんがわを見上げるようにして、ちょこんとすわっているだけのその猫に、**「ミルク」**って名前をつけた。

そうやって二週間くらいがすぎたころだった――。

「あら、かわいい猫だね」

めずらしくえんがわに出てきたおばあちゃんが、庭のミルクに気づいて、えんがわにすわりこんだ。

「そうでしょう？　なん日か前から毎日来るようになったんだけど……ほら見て、エサもあげてないのに、こんなになついてるんだよ」

あたしが手をのばすと、ミルクはあたしの手の甲に体をすりよせてきた。

「へぇ、人なつっこいんだね」

そう言って、おばあちゃんは笑った。それは、ひさしぶりに見ることができた、大好きなおばあちゃんの笑顔だった。

そして、**その日から、あたしだけじゃなくて、おばあちゃんもミルクが来るのをえんがわでまつようになった。**

あたしはミルクが毎日来てくれるのもうれしかったけど、何よりもおばあちゃんが、ミルクに会うたび元気になっていくのがうれしかった。

「おじいちゃんも猫が大好きな人だったけど、七海も猫が大好きなんだね」

あるとき、おばあちゃんはそう言って、なつかしそうにミルクを見つめていた。

おじいちゃんが亡くなってから、そんなふうに、おばあちゃんがおじいちゃんの話をするのは初めてのことだった。

そのとき、あたしは心に決めた。

なんとしてもミルクをうちの子にしよう。ママがどんなに反対しても、ミルクをうちで飼おうって……。

それから、あたしは反対されるのを覚悟で、もう一度ママにお願いしてみた。

「ねえママ、いいでしょう？　ミルクをうちで飼おうよ」

「いいわよ。そのかわり、ちゃんと動物病院につれていってからよ」

ママはおどろくほどあっさりOKしてくれた。

ただ、つかまえて、動物病院につれていったりすると、警戒心が出て、今までみたいになついてくれなくなるかもしれない、とも言われた。

もしかしたら、もう一度なついてくれるまで、なん年もかかってしまうかもしれない、それでも、飼いつづける覚悟があるなら飼ってもいい、という条件つきだった。
あたしはそれでもいいと思った。
だって、こんなに**毎日、ミルクがうちへ来るからには、もううちで飼うのが運命**のように思えたから……。
だからあたしはすぐに、エサ入れとか、つめとぎとか必要なものを買いそろえたり、トイレを用意したりして、ミルクをうちにむかえいれる準備を始めた。
さいわい、ママが心配しているようなことにはならなくて、ミルクはキャリーの中にもすんなり入ってくれたし、あたしに警戒心をいだくようなこともなかった。
さすがに動物病院ではちょっとあばれたけど、検査や予防接種をすませて家に帰ってくるころには、いつもと変わらない様子で、あたしの手に体をすりつけてきた。
ひとつわかったのは、ミルクはすでに去勢手術がすんでいたってこと。

つまりそれは、今までにだれかに飼われていたかもしれない、人間とくらすのになれた猫かもしれない、ってことだった。

そのせいなのか、**家の中に入ったしゅんかんから、まるで長年そこに住んでいたみたいに、ミルクは落ちついていた。**

ときどき、カーテンにのぼろうとしてやぶきそうになったり、走りまわってパパのお気にいりのヘンな置物をたおしそうになったりして、大さわぎになることもあったけど、あばれて外に逃げだすようなことはなかった。

「小太朗のときとは大ちがいだね」

えんがわで寝そべっているミルクのとなりで、おばあちゃんがクスクスと笑う。

あたしはミルクの背中をなでながら、おばあちゃんの話を聞いていた。

「小太朗はおくびょうで、いっつも部屋のすみっこにいたんだよ。おじいちゃんにだっこされるまでなん年もかかってね。あの子は生まれたときから、のら猫だったから……
この子とは、まるで正反対。でも……やんちゃなところはそっくりだけど……」
そう言いながら、おばあちゃんはつい二、三日まえに、ミルクがやぶいてしまったふすまに目をやった。
こまったような顔をしながらも、おばあちゃんはどこかうれしそうだった。
そんなおばあちゃんを見ていると、あたしまで、しあわせな気もちになれた。
「ただいま」
「あっ、パパ、おかえり」
会社から帰ってきたパパは、右手に仕事のカバンをかかえたまま、左手をミルクの頭にのばすと、目じりにシワをよせながら、やさしくなでる。

「なんだ、寝てるのか？　おーい、オモチャ買ってきたぞ」

「またぁ!?」

このところパパはミルクのために、毎日のようにオモチャを買ってきていた。
ミルクがうちにきて、初めてわかったこと。**それはパパがとんでもない猫好きだったということ。**ママにずっと反対されて、猫を飼うことをあきらめていたパパは、家族の中のだれよりも、ミルクがうちに来たことをよろこんでいた。
「見つけると、ついつい買っちゃうんだよ。おーい、ミルク、今日のオモチャはなかなか楽しそうだぞ」
そう言いながら、パパはカバンからビニールぶくろをガサガサと取りだす。

でもミルクは知らんぷりで、寝そべったままだった。

どうもパパの愛情は空ぶりすることが多くて、居間のすみっこにおかれたかごの中には、ミルクがお気にめさなかったオモチャが山づみになっている。

「まぁまぁ、きっとねむいんだよ。もう少ししたらあそんでくれるよ、きっとね」

がっくりと肩をおとしたパパを、おばあちゃんがなぐさめる。そんな光景を、あたしは笑いをこらえながら見ていた。

そこへ来たママが、パパの持っているビニールぶくろを見て、あきれながら言った。

「やだ、パパったらまたオモチャ買ってきたの？　七海が生まれたときもよく買ってきてたけど、今回はそれ以上ね」

「あたしが生まれたときって？」

「七海が生まれたときもね、パパは毎日のようにオモチャを買ってきて、もう家じゅうオモチャだらけでたいへんだったわ」

ママがあきれ顔でそう言うと、おばあちゃんはなつかしそうに目を細めた。

「そうそう、あのときはすごかったね。いったい、うちになん人赤ちゃんがいるのって思うくらい、オモチャだらけだったっけ……」

それからおばあちゃんとママは目を見あわせてから、クスクスと笑いはじめた。

そのとなりで、パパは気はずかしそうに、てれたように笑っていた。

つられてあたしも笑いだすと、ついこのあいだまでだれもいなかったえんがわが、いくつもの笑い声でみたされた。かたむきかけた夕日が、あたしたちをあたたかい、だいだい色でつつみこむ。

「……ミャウ」

ミルクがおだやかに鳴く。
あたしの家から、少しずつ、かなしみが消えさろうとしていた。

★☆★☆★☆★☆

ミルクをうちで飼うようになってから、おばあちゃんは
あのころのように、えんがわでお茶を飲むようになった。
そんなおばあちゃんにミルクはすぐになついた。
おばあちゃんは、パパみたいに、たくさんのオモチャを
買ってくるわけでもないし、ママみたいにエサをあげるこ
ともなかったけど、**なぜかミルクと心が通じあっているみ**
たいだった。

おばあちゃんがえんがわにいると、ミルクはしずかにおばあちゃんのそばまで歩みより、となりにすわる。
まるで、それがあたりまえのことのように……。
「今日もここでお昼寝するの？」
「……ミャウ」
そんなやりとりも、ずっとむかしからおばあちゃんが飼っていたのかなって思うくらい、自然だった。
「そう、いいお天気だものね」
その日も、ミルクはおばあちゃんのとなりにすわっていた。
「もう、ミルクってば、またおばあちゃんのところにいる……」
そんなふうに、あたしがヤキモチをやいちゃうくらい、気がつけば、おばあちゃんとミルクはなかよしになっていた。

「ねえ、ミルク、たまにはあたしとあそんでよ」

そう声をかけたときだった。ミルクがいるところに、いっしゅん、おじいちゃんがすわっているように見えた。

(そういえば、あそこはいつもおじいちゃんがいたんだっけ……)

そう思ったとたん、あたしは考えずにはいられなかった。

もしかしたらミルクは、おばあちゃんを心配したおじいちゃんが天国から送った使者なのかもしれないって……。

自分でも、なんてバカげたことを考えてるんだろうと思った。でも、おばあちゃんの笑顔と、ミルクの安心しきった顔が、何よりの証拠だった。

だって、深いかなしみからあたしたち家族をすくってくれたのは、他のだれでもないミルク、キミなんだからね。

これだけ知っておけばバッチリ!!

どうぶつを飼うときの10のコツ

どうぶつを飼うときは、しっかり飼い主としての責任を持って、やっていいことと、やってはいけないことを心がけてね。犬、猫、鳥やハムスター他のじょうずな飼いかたのコツを、まとめておしえてあげるよ♪

その1 犬のコツ

ほめる、しかるをバランスよく!!

犬にとってうれしいのは、食べものやオモチャをあげたり、ほめてあげること。いやなことは、好きな物などをとりあげたりすること。この使いわけで、犬を、しっかりしつけられるんだよ。いきなりたたいたりするのは、逆効果だからやめよう。ほめたりしかったりするときは、声の大きさや顔の表情でしっかり表現してあげれば、犬に気もちが伝わるよ。

その2 犬のコツ

ケージをきらいにさせないように!!

犬をケージ（かご）好きにすることは、とっても大切。日ごろから放しがいばかりさせていると、ケージに対する犬の警戒心がとけずストレスがたまったり、病気やけがで動物病院につれていくときにこまったりするよ。なのでケージの中でおやつをあげたり、好きなオモチャであそばせたりすることで、ワンちゃんがケージで落ちつけるようにしてあげよう。

その3 犬のコツ

むやみになんでも食べさせない!!

犬にはあまりあたえないほうがいい食べものがあるよ（下の表を見て）。人間と同じ食べものばかりあたえてしまうと、貧血やゲリになったりしちゃうことがあるから気をつけて。また、犬の健康を考えて、きちんとした食事をあたえると同時に、お散歩につれていってあげたりして、運動不足にならないようにケアしてあげようね。

なるべく食べさせないほうが良い食べ物

✕ 干しぶどうやレーズン、豆類

……口からはきもどしたり、おなかの病気を起こす危険が。豆はノドや腸につまる場合もあるから注意。

✕ エビ・イカ・タコ・カニ

……たくさん食べると消化不良を起こす可能性が。海産物はビタミンB1欠乏症になることもあるから気をつけて。

✕ ネギ類（ニラ・ニンニク・タマネギなども）

……食べると呼吸があらくなり、貧血やゲリになってしまうことも。

✕ チョコレート

……ゲリをしたり、もどしたり、けいれんを起こすことも。むやみにたくさん食べさせるのは危険かも。

✕（主に人間用の）ビーフジャーキー

……毎日食べると貧血になったり、おなかの病気になることが。たまにならOKなことも。

※なお、犬に食べさせてあげても良さそうなものとして、栄養バランスの良いドッグフードはもちろんのこと、豆腐や納豆、ネギ類以外の野菜などが良いとも言われています。

※しかし、犬にはそれぞれ（人間と同じく）大きさや体調などに差があります。そのためなるべく食べさせないほうが良い食べもの、食べさせてあげても良いと言われる食べものの量や内容にもちがいがあります。なので食事については、おうちの人や獣医師さんに相談してからあたえるのがおすすめです。

その4 猫のコツ

かまれたときはムシがいちばん!!

猫は自分が何かしてほしいときに甘えてきたりするけど、気をつけてほしいのは“猫にかまれてから、猫ののぞみをかなえないこと”。かまれてから何かしてあげると、その猫はそのあとも主人をかんで、自分のわがままを通そうとするクセがついちゃうことがあるよ。そんなときはあえてムシして、かんでも何もいいことがないのをわからせてあげようね。

その5 猫のコツ

猫の気もちはしっぽでチェック!!

しっぽをピンと立てているときは、かまってほしくて甘えているとき。子猫が母猫にするしぐさと同じだよ。また、しっぽをパタパタ早く動かしているときは、少しイライラしているときで、反対にゆっくり動かしているときは、のんびりしているとき。あと、しっぽをうしろ足のあいだにしまったときは、おびえているのでやさしくしてあげてね。

その6 猫のコツ

しずかにやさしく せっしてあげて!!

猫が好む飼い主の行動のひとつが、室内で飼い主ができるかぎりしずかに歩いてくれること。そして、猫に対して、はっきりとやさしい声で話しかけてあげること。そうすると、猫は飼い主の声が良く聞こえて安心できるんだって。逆に猫が不安になるのは大きな音や声をだされたり、さわいだりされること。人間よりはるかに耳がいい猫にはうるさく感じられるみたいだね。

その7 鳥のコツ

おうちでたまに あそばせて!!

小さなインコから大きなオウムまで、鳥はケージで飼うのが基本だよね。でも、毎日ずっとケージのなかにいるとストレスがたまっちゃうことも。だから健康のことを考えて、1日30分〜1時間くらいは部屋の中で自由にあそばせてあげるといいかも。ケージから出すときの注意点は、部屋の窓がきちんとしめられているか確認すること。あと、カーテンをちゃんとしておこう。鳥の目はガラスを確認することがむずかしいので、ぶつかってケガをさせないためだよ。

その8 うさぎのコツ

夏も冬も温度に気をつけて!!

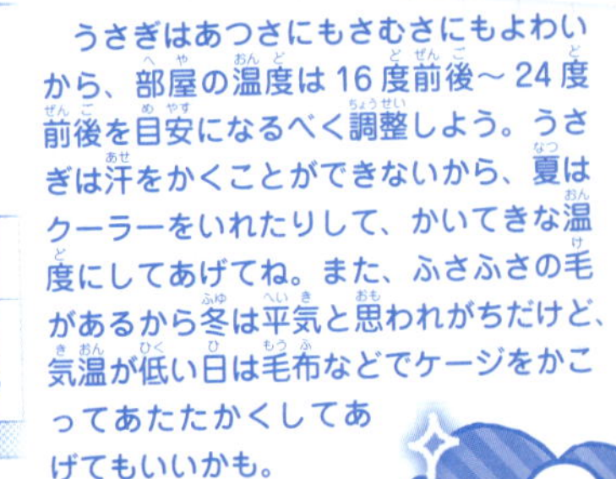

うさぎはあつさにもさむさにもよわいから、部屋の温度は16度前後〜24度前後を目安になるべく調整しよう。うさぎは汗をかくことができないから、夏はクーラーをいれたりして、かいてきな温度にしてあげてね。また、ふさふさの毛があるから冬は平気と思われがちだけど、気温が低い日は毛布などでケージをかこってあたたかくしてあげてもいいかも。

その9 ハムスターのコツ

しぐさを見て気もちをはんだん!!

ハムスターは小さな体をつかって、いろんな気もちをおしえてくれるよ。たとえば、毛づくろいをしたり、おなかを上にして寝ていたら、それは安心しているとき。逆におこってきげんが悪いときは、あおむけのままあばれて「キーキー」と鳴いたりするよ。もし、うしろ足で立ってまわりを見ていたら、警戒しているってことなので、そっとしておいて。

その10 カメのコツ

環境をととのえて水もきれいに!!

カメを飼う水そうには、カメの全身がつかる水場と、日光浴ができる陸場をかならず作ってあげてね。そして水そうの水は、よごれてきたり、ヘンなにおいがしてきたら、交かんしてあげよう。水そうの中の水はカメの飲み水にもなるので、よごれたままにしておくと、水を飲めなくてノドがカラカラになったり、病気になっちゃったりするので気をつけて。

心あたたまるどうぶつのお話
第5話
あたしとワンコと♥のゆくえ
マンガ／青空瑞希
かわいいいっ
わあっ
ぽむんっ
ポメラニアンのポポっていうの
早川 鈴・中3
結衣のワンコ ふわふわで かわいかったな～
あたしも飼いたい
パパ～
ダメだ

・・・・・・

受験生だし、
自分でお世話できないだろ
ヴ…

じゃあ
第1志望の高校に合格したら
飼っていい?

しかたないな

まっていてねワンコ♥
キャ

よ〜し!!
ぜったい合格するんだから
ガリ
ガリ

あっ
スッ

柴崎くんだ
どこを受験するんだろう……
同じ高校だったらいいな～
合格発表
わい わい
受験票
受験番号
3941
氏名
ドキ
ドキ
ドキ
あたしの番号は……

3939
3941
3942
鈴やったね
いっしょに合格だよ
やった！これで…
ワンコが飼えるんだ
パパーおかえり
おめでとうがんばったな
今度の休みはペットショップに行こうな
トイプードル？
それともポメラニアン？
早くだっこしたい♡

おーい
鈴ー
早くおいで
何よ
パパー
わんっ
いやー
ペットショップで
下見してたら……
うーむ…
パパ？
どうしたの
この子……
うるるっ
はぅあっ
この子は
うちの子になる
運命だったのさ～
かわいいでちゅね～
でれ
……
くるっ
しゅたっ

なんで!!
いっしょに行くやくそくは!?
わぁん〜
ママは反対してたけど
パパずっと楽しみにしてたのよ
でも、もう鈴も大きくなったし
パパとだったらちゃんとお世話できるでしょ
できるけど
でも……
トイプーでもポメでもないよね……
ああでもかわいいだろ?
この子は"豆柴"って呼ばれていて
ふつうの柴犬ほど体が大きくはならないんだ

いいかい鈴
鈴がどんどん大きくなって
パパの手からはなれちゃうのはさみしい
でもそれ以上にパパは
鈴が元気でいてくれることがうれしいんだ
だから鈴も
この子の成長をよろこんであげてほしい
もううちの家族なんだから

……はぁい
こまり顔してるのね あんた
じゃあ 名前は コマリーで いっか
コマリー
ワン
もうっ こんなはずじゃ……
あーもう コマリーってば
そっちじゃ ないって！
おばかな子には 何やっても ムダなのかな
ハァ…
ぐい ぐい
くる くる

あ
あれっ
柴崎くん
早川じゃん
早川の家ってこっちのほうだっけ？
うっうん
よりによってこんなときに
柴犬？名前は？
豆柴で、コマリーっていうの……
ああっもっとかわいい名前にしておくんだった！
マジで!?
オレもまえ飼ってた！

柴崎くんも豆柴を……
かわいいよな豆柴
おっ
なんだよ
オレとあそびたいのか?
いいなぁコマリーは
あたしなんてまだろくに話したこともないのにー!!
ぴょんっ
わっ
コッ
コマリーったらっ
コラぁ!!
ごっごめん
まだぜんぜんしつけとかできてなくて

飼いはじめたばっかり？
オレでよければおしえるよ
あ…
ありがとう
いいって
なんかこいつリョウタににてるし
リョウタって……
前に飼ってた？
うん
3年前にお別れしちゃったんだけどね……
ねぇコマリー？

コマリーも
いつか
わたしより
先に……
いなくなるの？
はふっ
……そんなの
やだ!!
くぅん…？
？
この子は
もう
うちの家族
なんだから

コマリーも
あたしとずっといっしょにいたい？
ピッ
ペロッ
コマリー
大好き

いい？
早川
リードの
持ち方は
こう
コマリーに
追いぬかされたら
反対方向に
進むんだ
くるっ
むずかしければ
立ち止まるだけでも

横に
きたら
すかさず
ほめる
コマリー
いい子！
ありがと
やって
みる！

くるっ
ぐいっ
コマリー
いい子！
ぴとっ

コマリー
元気？
うん
元気すぎて
マジこまる
そっか
散歩コースは
守れるように
なった？
まだかな
でも、まえより
ましになったよ
だろ？ 犬は
かしこいんだ
飼い主の
言うことも
理解してるし
自分の気もちを
伝える力だって
もってるんだよ
どんな犬でもね
伝える力か……
あたしには
あるのかな
それにしても
柴崎くんと
こんなふうに
話せるなんて
夢にも
思わなかった

これってコマリーのおかげ!?
ハッ
お散歩?着がえるからちょっとまっっててね
ハッ
ハッ
ハッ
何?
そんなにうれしいの?
とてとてとて
聞いてくれる?
うふふ
今日も柴崎くんとね
……
あたしもね
すごくうれしいことがあったんだ
こうやってコマリーとなかよくなったのも
柴崎くんのおかげかな

卒業まで
あと1週間……
ねぇ
コマリー
卒業してからも
柴崎くんの
そばにいたいよ
くぅ…ん？
……
そっか！
なのに
あたしは？
そうだね
コマリー
？
柴崎くんは
コマリーのことを
伝えようとしてくれた
コマリーも
あたしに気もちを
伝えてくれてる

くうん…
そっちじゃないって
何やってもムダなのかな
ペロ
いつもコマリーは
気もちを伝えようとしてくれたのに
あたしはぜんぜん伝えようとしてなかった
おばか犬
わかろうとさえしてなかった
ハッハッ
ごめんねコマリー
これからはもっと理解できるようにするからね
くうん

あたしも自分の気もち伝えよう
伝えなきゃ変わらない……でも
伝えたら変わるかもしれない
……え
伝えたいことがあるんだけど
このまえの公園でまってるから
来てくれる？
わかった
あたしとコマリーみたいに変わるかもしれない!!

そうおしえてくれたのは
他でもない柴崎くんだから……
どきどき
かぁ〜っ
あーめっちゃきんちょうする〜！
ザッ
柴崎くん!?
ヒュ〜
キミ何、ひましてんの？
オレらとあそばねぇ？
きゃっ
ぐるる…

わっ
がうっ
あにすんだ
げしっ
よっ
コマリー
ドン
キャ
ズシャ
チッ
めんどくせー
あたしのコマリーに何するのよ
んだテメー

やっべ
行こーぜ
くうーん
コマリーに
けががなくて
よかった……
でも
こんなすがた
柴崎くんに
会えない……
やっぱり
告白なんて
ムリ……

ピク
キャンキャン
どうしたの
コマリー
キャン
どうしたんだよ
どろだらけじゃんか
柴崎くん
応えんしてくれるの？
コマリー
ありがとう
こんなんでも
ちゃんと
伝えなきゃね

すくっ
あたし、高校行っても柴崎くんに会いたいし
これからもいっしょに散歩したい!!
……っ
あたしっ
柴崎くんのこと
好きだから

先に……
言われちゃったか
ワンッ

気もちを伝えるのって
とってもすてきなことだねっコマリー
ワンッ

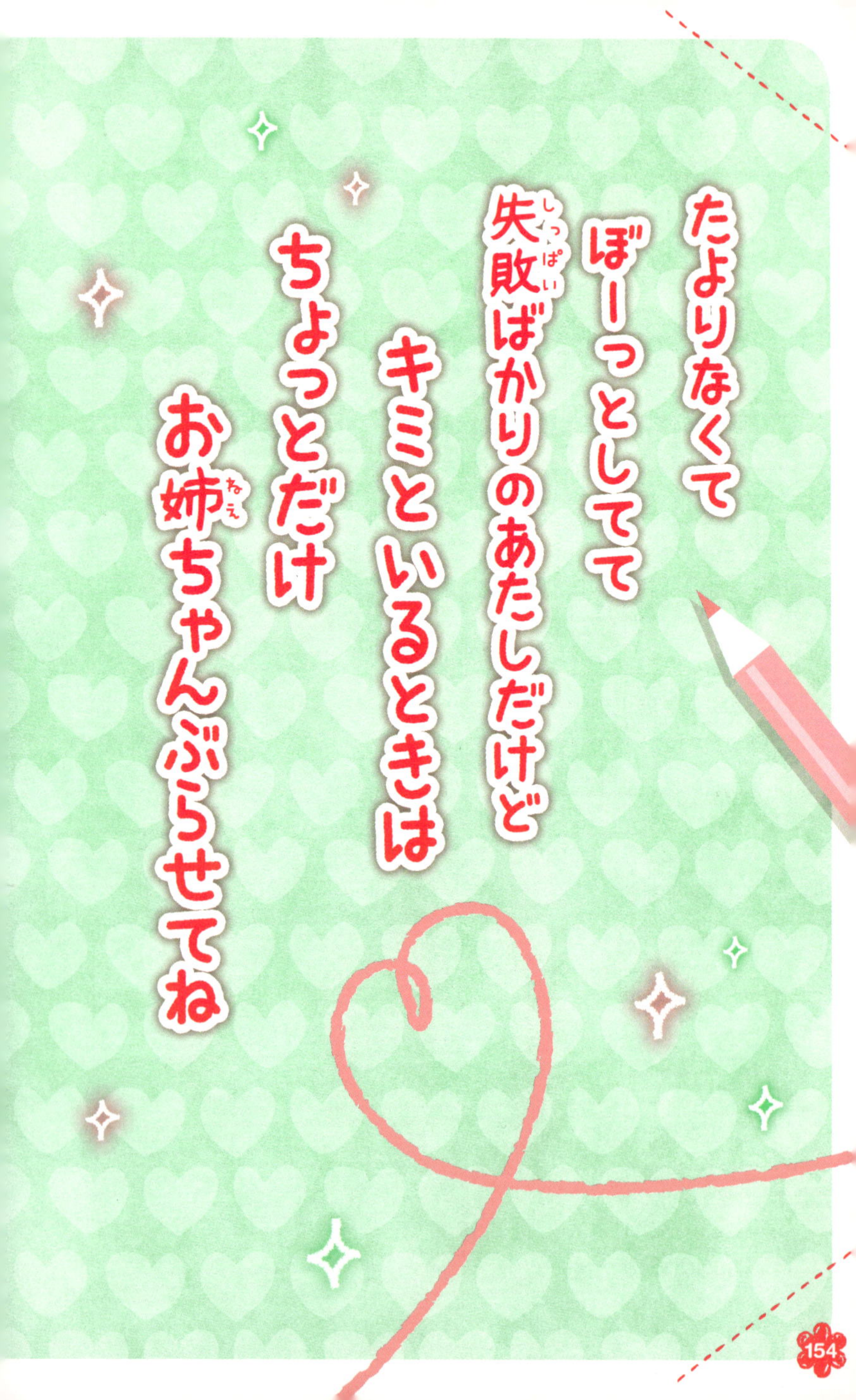
たよりなくて
ぼーっとしてて
失敗ばかりのあたしだけど
キミといるときは
ちょっとだけ
お姉ちゃんぶらせてね

あたしのことを
いっぱい いっぱい
たよってほしいな
……本当は キミがいるから
強くなれちゃうんだよ
もちろんキミは
知ってるよね

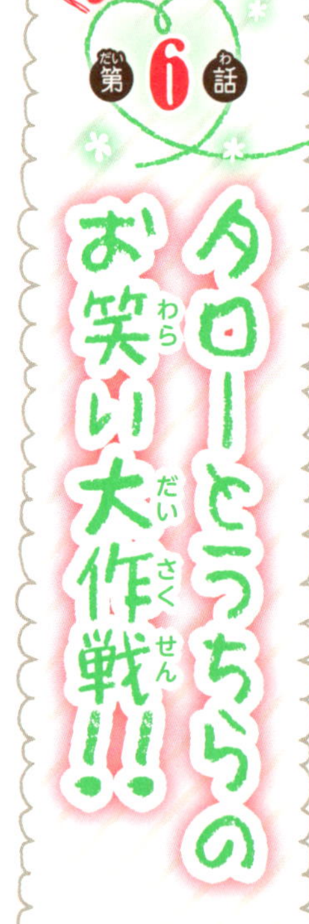

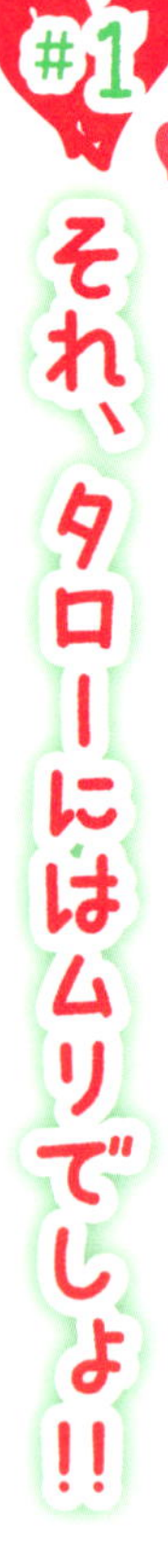

「おはよう、友季。今日もサラサラだね〜、鼻毛」
「何言ってんのよ茉奈、そっちの中指のうぶ毛にくらべたら……って見えるかそんなん」
あたしと友季は毎朝会うたびに、こんなふざけたあいさつをくりかえしている。
他人が見たらバカバカしいって笑われちゃうかもしれないけど、ふたりにとっては大切な儀式みたいなもの。というより、これをやらないと気もち悪い感じ!?
あたしたちは中学三年生で、住んでいるのは、かなりのいなか。

おしゃれなお店なんてぜんぜんないし、映画館もカラオケボックスもないけど、緑がたくさんあって、きれいな川が流れているこの町を、あたしはけっこう気に入ってる。
でも、友季は「早く東京に行きたい!!」派。
保育園のころからの友だちで、家も近くて、きょうだいみたいに育ったんだよね。
ふたりとも明るいっていうか、かなりうるさいタイプかも……ふざけたりいたずらしたりするのが大好きで、最近はヒマさえあればお笑い系の動画ばかり見てるし。
小学校の卒業式の謝恩会では、ふたりでコントみたいなものに挑戦したりもした。
先生たちのものまねをしながら、修学旅行とかのできごとをふりかえる、って感じで。
あたしは（ちょっとふざけすぎじゃない？　先生たちのまえでこんなことしたらおこられないかな）って心配だったんだけど、友季は、
「おもしろいんだからだいじょうぶでしょ。それにおこられたっていいじゃん？」
しかも謝恩会の当日には、どこかからハゲ頭のかぶりものまでもってきて、校長先生

のまねをするときにあたしにかぶせたり……。

「あるある～、って、毛、ないじゃん!!」

という友季のツッコミに、あたしが

「ありがとうございましたっ。六年間ありがとうございました～」

としめくくっておじぎをしたら、体育館全体にひびくほどの大きなはく手が!!

しかもステージに校長先生がニコニコしながら上がってきて

「先生の頭はそのかぶりものよりはもうちょっと髪があると思いますよ。でも、とても面白かった。いつかコンビを組んでプロのお笑い芸人さんになってください。そのときはまたこの体育館でみんなを笑わせてくださいね」

なんて言ってくれたんだよね。

おこられると思ってたのに、ぎゃくにほめられてあたしも友季もびっくりしたけど、このときのはく手と校長先生の言葉で、すっかりその気になっちゃったのは事実。

中学に入ってからは、いつかふたりでオーディションを受けて、プロのお笑い芸人になりたいねーって話したりするようになった。
もちろん天然系のあたしがボケで、チャキチャキしてる友季がツッコミ担当。
みんなにはまだないしょだけど、ネタもけっこう作っていて、でも他の人に見せるのはまだはずかしいから、あたしの飼っているワンコのタローが、ゆいいつのお客さん。
タローはおじいちゃんが友だちからもらってきた、五歳のゴールデンレトリーバー。
ゴールデンレトリーバーっていうと、シュッとしていて、かっこよくて、運動が得意でかしこい犬っていうイメージだと思うんだけど、タローはちょっとちがうタイプ。
家の中で飼われているタローは、家族がご飯を食べていると寄ってきて

「ちょーだいちょーだい」

ってふんいきで、クーンってなきながら、顔をあたしの足にくっつけてくる。

それがかわいいから、ちょっとずつあたしたち家族のおかずを食べさせちゃってる。
なので**当然ふとめワンコ**。
そのせいか、お散歩に行ってものんびり歩くから、ぜんぜん運動になってないみたい。
最近はおかいものカートを押した近所のおばあちゃんに追いこされちゃったほど。
ちゃんとしたお店でトリミングやシャンプーなんてしてもらったこともないし、毛ももさっとして、ゴールデンレトリーバーのシュッとしたふんいきとはほど遠い。
寝てることが多くて、タローの知らない人が家に来ても、チラっと目を開けてみるだけで、ほえることもまったくなし。
そういう意味ではおりこうだけど、番犬っていうのは、ちょっとムリっぽい……。
「まて」をしても、目のまえにあるのが大好きな犬用のガムだったりすると、すぐに食べちゃったりするし。
でも、ひとりっ子のあたしにとっては、友季と同じようにきょうだいみたいな存在。

寝そべってるタローをまくらにしてあたしも寝っころがると、タローのあたたかさや心ぞうの音が伝わってきて、ホントによくねむれちゃう。何かイライラしたり心配なことがあるときも、**タローをなでていると安心できて、落ちつく**んだよね。
だからあたしと友季のネタも半分いねむりしながら、おとなしく聞いてくれてるみたい。
おもしろいのかつまんないのかはぜんぜんわからないけど……。

★☆★☆★☆★☆

そんなこんなでのんきなあたしとちがって、友季はとっても行動的。ネットでおもしろいお笑い芸人さんの動画をさがしてくれたり、こんなネタ、やってみない？って、どこかの女子高校生が文化祭でやったコントの動画を見せてくれたり。
そんな友季の情報源になっているのが、お笑い好きな人たちが集まっているサークル。
友季のおかあさんといっしょに、ネットでいろいろなやりとりをしているみたい。
あの人たちのあのネタっていいよねーって、ふたりでいろいろ意見を言ったり、まだ

有名になっていない若手のライブ動画を見せてもらったり。

“中学生の女の子とおかあさんっていうのはめずらしいらしくて、みんなにすごく良くしてもらってる”ってうれしそうに言ってたこともある。

となりのT市でそのサークルのオフ会があるってことを、友季がすごくこうふんして報告してくれたのは夏休みのはじめのこと。

もちろんあたしもさそわれたんだけど、**知らない人としゃべるのは苦手だし、お笑いのマニアックなことはよく知らないし……。**

それにT市までバスと電車に乗って、一時間半かけて行くのがこわいようなめんどーなような気もちもあって、あたしは一度はことわった。

「じゃあさ、今回は私がおかあさんと行って、平気そうだったら、つぎは茉奈も行こ?」

「OK。どんなふんいきか見てきて。でも、友季ってマジ、すごいよね~!! 知らない人といきなり会おうなんて思っちゃって。あたしはそういうの、きんちょうしちゃうわ」

「もう、茉奈ったらー。なんかそういうのんびりしたとこ、タローそっくり!! 今に茉奈もタローみたいにふとるたろー、なんてね」

「……友季い、そのダジャレ意味わかんないし。サムイわ〜」

とふたりでけっきょく大笑いしちゃってた。

★☆★☆★☆★☆

オフ会から帰ってきた友季はめちゃハイテンション♪

「○○さん、大阪まで月一回ライブ見に行ってるんだって。○○さんは、来月オーディション受けるって!!」

友季の話では、T市のカラオケボックスで、みんながもちよったお笑いのDVDを見たり、コンビ組んでる人たちが、実際にその場でまんざいをしてくれたりして、おかあさんといっしょに爆笑しまくり……あっというまの一日だったみたい。

「今度はぜったい茉奈ちゃんもつれておいでって言われたよ。みんなめちゃいい人で話しやすい人ばっかりだったから、茉奈でもぜんぜん平気」
「茉奈でもっ、て何よ。でも楽しそう。今度はあたしも行ってみようかな」
「ホント!? じゃ、つぎはぜったいね」
うれしそうな友季を見てたら、あたしまでこうふんしてきちゃった……でも、ひとしきり話したあと、**きゅうに友季がだまってもじもじしはじめた。**
「どーしたの?」
「えっとね……じ、じつはね、そのオフ会に、タカトくん、来てたんだ~」
「タカトくんって……ああ、T市の高校生? 友季、たしかメールしてて感じいいって言ってた人でしょ?」
「そう。でね、タカトくんが来週こっちに用事があるから、ついでに会おうって……」
「やったじゃん。え、でもそれって、つきあうってこと?」
「ちがうの、そういうんじゃないけど……ねーお願い、茉奈もいっしょに来て」

「え、なんであたしが!?　じゃまじゃん」

「っていうかさ、茉奈じゃなくて、ホントはタローに来てほしいんだよね。タカトくん、じつはタローに会いたいって言ってるの」

「はぁ、ぜんぜん意味わかんないんですけど」

友季がそのあと打ちあけた話はこんな感じ。

タカトくんは大の犬好きなんだけど、自宅のマンションで飼うことができないみたい。だから、友季はタカトくんに気に入られたくて、今までにタローといっしょに撮った写真を"**私の家の犬です**"ってなん度も送っちゃってたんだって。

それからはタローの話をいろいろして、すっかりタローを気に入っちゃったタカトくんが一度あそびたいってことで、こっちに来ることになった……ってことらしい。

「**もう、なんでそんなうそついちゃったの!?**　じゃあタローだけつれていきなよ。だいじょうぶ、タローは友季にもめちゃなついてるから、ちゃんということきくよ。

どうせおとなしく寝てるだけだし」
「それじゃダメなの。ごめん茉奈、私、もっともっとうそついちゃってて……。タローはタローじゃなくて、名前はジェイミー。すごくおりこうで人命救助もしたことあって、フリスビーが得意って」
「……何言ってるの？　**タローはフリスビーなんてできないし!!　それに、ジェイミーって……どう見たってそんなかっこよくない**じゃん」
あたしはもうわけわかんないを通りこして、おかしくておかしくて大笑い。
でも、友季はすごくまじめな顔で、
「お願い!!　あと一週間でフリスビーできるようにして。それとジェイミーって呼んだら反応するように……あともうちょっとおりこうで、できればダイエットも……」
「そんなのムリだよ。友季だってタローのこと知ってるでしょ？　そんなにいろいろなこと、一週間でできるほど頭良くないよ。それにジェイミーって……よくよく考えるとその名前、ダサくない？　どこのだれ、それ!?」

「しょうがないじゃん!!　なんかかっこいい名前……って、いっしょうけんめい考えたんだけど、それしか思いつかなかったんだから～」

「でもまぁ、これってなんかおもしろそうだね。**タローを特訓して、かっこいいジェイミーに変身させる**って。どこまでできるかわかんないけど、やるだけやってみようか」

「ありがとーっ茉奈、大好き!!」

……そんなこんなで、けっきょく、あたしは友季のむちゃブリにつきあうハメになっちゃった……。もうどうなっても、あたし責任とれないからねっ!!

#2 よくわかんないけど、バッチリ!?

タローの特訓は、まずはフリスビー。フリスビーをタローの鼻先にもっていって、
「いい? これをポーンと投げるから、追いかけてキャッチするの。できるよね?」
「友季、それハードル高すぎるよ。いきなりキャッチなんて……。まずは〝もってこい〟からね。それならタローもむかしはできたんだよ」
あたしはフリスビーを投げると、そっちを指さして、タローに

「タロー、もってこい!」

って声をかけた。でも、**タローはきょとんとした顔であたしを見ている**だけ。追いかけるそぶりも、拾いにいくそぶりもなし。
「もう……。友季、フリスビー取ってきて」
あたしが投げて、タローに声をかけて、しかたがないから友季が取りにいく……のを

なん度もくりかえしたんだけど、まるで進歩なし。するとタ友季が、タローが大好きな犬用のお菓子をフリスビーにはりつけた。
「茉奈、これでもう一回やってみて。あとさ、タロージャなくてジェイミーって呼んで」
「じゃあタ……じゃなくてジェイミー……だめ、笑っちゃう」
「茉奈、お願い、しんけんにやって」
「わかったよ。ジェイミー、ほら、大好きなお菓子だよ。拾ったら食べていいよ」
あたしがフリスビーを投げると、**ジェイミーことタローが走って追いかけていった。**

「やったーっ!!」

この作戦のかいあって、タローはフリスビーを追いかけていくことはおぼえたけど、そのたびにお菓子を食べるから、友季がねらっていたダイエット的には、まるで逆効果。
もちろん、タローが自分のことをジェイミーだと思っているかなんて、まるで自信なし。

もともと「タロー」って呼ばれても、チラっとこっちを見るだけで、返事をしたりはでに反応したりしないタイプだったから。何よりあたしのほうがちゃんと意識しないと「ジェイミー」って呼べなくて、友季には注意されてばかり。

あれこれしたけど、効果があるのかわからないまま、あっというまに約束の日曜日に。

友季はどこかで買ってきたブラシでタローをブラッシングしようとがんばったけど、タローがいやがってあばれちゃったせいで、かえってモシャモシャになっちゃった。

それでも新しいリードをつけて、まちあわせの公園へ。

そこにはタカトくんがもう来てた。友季が言うとおり、なかなかかっこいいかも。

「タカトくん、こっちは親友の茉奈。タロ……ジェイミーをひとりでつれてくるのは大変だったからついてきてもらったの。ジェイミーともなかよしだし」

（ってか、あたしの犬ですけど〜。友季、めっちゃきんちょうしてる）

「どうも、タカトです。あれ、ジェイミー、大きくなった？　モコモコでかわいいなぁ」

（あ～それ、友季が送った写真は画像修正でやせさせてたみたいだから）

タローは知らない人でもほえたりしないので、タカトくんになでられても、ちゃんとおとなしくしてる……ちょっと安心。

「あっちにしばふがあったから、そこでフリスビーしよう。オレが投げたフリスビー、ジェイミーにジャンプしてキャッチしてもらうの、すげー楽しみ」

あたしと友季はこっそり視線を合わせた。

（空中キャッチ？　そんなかっこいいこと、できないし……）

特訓のかいあって……って言いたかったけど、タローはいつもどおりのタローのまま。

タカトくんが投げたフリスビーをのそのそ追いかけていったけど、お菓子がついていなかったから、フリスビーを拾いもせず、あたしのところにもどってきた。

タロー的には**「ねーねー、お菓子ついてなかったよ？　なんで？　つけてよ～」**って言いたかったにちがいない。

それからも、なん度もなん度も、タカトくんが投げる→タローが拾いにいく→手ぶらで帰ってきてあたしに何かをうったえる、をくりかえしてた。たまらなくなった友季が、

「ジェイミーどうしたの？　知らない人だからきんちょうしてるのかなー？　いつもみたいにやってごらーん♪」

って必死にごまかそうとしたんだけど、ぜんぜんダメ……そりゃ、そうでしょ。

タローがあたしにまとわりついて、それをなんとか友季のほうにもどそうとしていたあたしが、タローの新しいお散歩ひもにからまっちゃって、しりもちドッシン。

そこにタローがじゃれついてきて、あたしはさらにひっくりかえってしまい……。

（ごめんね、友季。これじゃばれちゃうよね）

と心の中で思ったしゅんかん、タカトくんの大笑いが聞こえてきた。

「ぜんぜんイメージとちがう、つか、ヤバイ!!　でも、すげーかわいいじゃん」

雨ふって地かたまる、じゃなくて、ケツ打って気に入られる、万事ＯＫってこと!?

でも、それからも大変……。じゃあお昼でも食べようか、ってなって、しばふにお弁当を広げたら、タローが大こうふん。友季はタカトくんに
「ジェイミーは私が命令すれば、一時間でも〝**まて**〟ができちゃうから」
って言ってたらしいけど、もちろんそれもムリ。いつものようにお弁当にむかってきたタローから、タッチの差であたしがお弁当をもちあげて、みんなのご飯を死守。
「**さすが茉奈!!**　あ、茉奈は子どものころからジェイミーとなかよしだから……」
「ジェイミーのダッシュも茉奈ちゃんのブロックも、みごとだよね。今のしゅんかん、動画撮りたかった!!」
タカトくんはまるでうたがいもせず、タローが何かやらかすたびに

「かわいい、サイコー」

って、そのあともずっと大笑いしてくれてた。
なんていい人……そんな中、あたしがさりげなくタローをおさえてたのに、ちょっと気を抜いたすきに、なんとタカトくんのおにぎりにヨダレをたらりんちょ。
(あの～タローちゃんさ～、あたしの気もちもわかってよ)
そんなどうしようもないタローにも、タカトくんはぜんぜんおこったりしない。
「おまえも腹ぺこだったのかー。ごめんなー。友季ちゃん、このおにぎり、ジェイミーに食べさせてもいい？　めんたいこだけはやめたほうがいいよね？」
って言って、めんたいこのところだけちゃんとよけて、むしゃむしゃ食べる**タローの頭をやさしくなでながら、タローにおにぎりを食べさせてくれた。**
「いいなぁ。犬のいる生活ってこんなに楽しいんだなー。友季ちゃんがうらやましいよ」
と笑って話すタカトくん……あ～まずい、あたしのほうが好きになっちゃいそう♡
とかなんとかやっているうちに、本日の友季のラブラブタイムはあっさり終了。

あれからなん回も友季が

「ジェイミー、ダメでしょ？　どうしたんだろう、今日は知らない人がいるからこうふんしてるのかな……いつもはこんなんじゃないのに」

って、まったく説得力のないフォローをしてたけど、結局、ジェイミー、じゃなくてタローのりりしいすがたをひとつも見せられないうちに、お別れの時間が来ちゃった。

おにぎりをもらったせいか、タローはすっかりタカトくんになついて、それによろこんだタカトくんは、タローとのツーショット写真を撮りまくってた。

そのうえ、さいごにはタローを思いっきりだきしめてくれて

「今日はサンキュー、**ジェイミー。おまえ、マジでうちに来てほしい**よ」って

愛情たっぷりのひとこと。そんなタカトくんのやさしい人柄が、タローにもちゃんと伝わっているみたいで、タローの顔もいつも以上におだやかに見えた。

「今日はごめんなさい。せっかく来てくれたのに、ジェイミーの調子が良くなくて」

あくまでも「ジェイミー」にこだわる友季が、しょんぼりした顔であやまると、
「なんであやまるの？　オレ、本当楽しかったよ。犬ってこんなかわいいんだ、って実感できた。またジェイミーといっしょにあそんでいいかな？」
って、最高の笑顔で返してくる。この人、連ドラの主役の人みたいにかっこいい!!
あたしたちはお笑い系ですけどね……。
「ホントに？　がっかりしなかった？」
「ぜんぜん。想像してた名犬ラッシーみたいなのより、ずっとかわいいし」
「うれしい!!　だったらまたあそびに来てね。今度はジェイミー、もっとすごいのできると思うから!!」
（えっ!?　またタローの特訓するっての？　水族館のイルカじゃないんだし、ムリ～）
とあたしが心の中でびっくりしたとき、タカトくんの口からもっとびっくりな言葉が。
「ジェイミーはそのままでいいよ。ていうか、たぶん、本当の名前ちがうんじゃない？

あとさ、……飼い主も、茉奈ちゃんだろ？」

「そんなわけ……」

「あるじゃん!!」

あたしと友季は、ちゅうとはんぱに声をそろえて絶叫マシーン状態!!

「なにそれ、息ぴったりじゃん。ジェイミーもおもしろいけど、ふたりもいいコンビだね。今日のドタバタ、コントみたいでマジおもしろかったよ。じゃ、また今度ね」

去っていくタカトくんの背中に、あたしたちはまた声をそろえてさけんだ。

「あたしたち、いちおうお笑い芸人志望ですからっ!!」

「このコ、本当はタローって言うの!!
ジェイミーは芸名ですからっ!!」

そんなあたしたちを横目で見ながら、タローが気のぬけたあくびをしていた。

あたってびっくり!

ドキドキ☆どうぶつ心理テスト

いろいろな心理テストであなたの本音がまるわかり!!
ペットとの相性や、気になる関係もわかっちゃうよ☆

あなたとペットの相性をチェック!!

つぎの質問に答えていってみてね♪

Q1

あなたがあそびに行きたいところは?

遊園地→Q2へ

渋谷や原宿→Q3へ

あなたが好きなファッションは?

Gジャン×ひらミニスカートのきれカジ系→Q3へ

カットソー×ショートパンツのスポカジ系→Q4へ

Q3

とつぜん友だちに「ねえ、どうしよう～」って話しかけられたよ。

恋愛相談。「A君に告白しようと思うの!」→Q5へ

くだらないこと。「食べすぎてふとっちゃった～」→Q6へ

あなたがハマりそうなのは?

どうぶつのほのぼのマンガ→Q5へ

ペットのおもしろ動画→Q7へ

本当にあったどうぶつの感動小説→Q6へ

Q5

ずばり、あなたの好きな男の子のタイプは？

やさしくてさわやかな人→Q6へ

おもしろくてかっこいい人→Q7へ

Q6

「ただいま流行中！」と聞いて、あなたがイメージするのは？

アイドルの曲をふりつきで歌う→Q7へ

お笑い芸人のギャグ→Q8へ

Q7

日曜日のお昼に友だちとファミレスに行ったよ。あなたは何を注文した？

ハンバーグ→Q8へ

パスタ→Q9へ

和食→Q10へ

Q8

「かわいい〜♡」と思うのはどんなとき？

どうぶつが首をかしげたとき→Q9へ

大きなひとみで見つめられたとき→Q10へ

Q9

めちゃほしいグッズが限定発売！手に入れるのはかなりたいへん……あなたならどうする？

家族や友だちに協力してもらって手に入れる！→Aタイプへ

めちゃまようけど、ムリそうだしあきらめちゃうかも→Bタイプへ

Q10

家の近くで捨てられたどうぶつを見つけたら、あなたはどうする？

しばらく様子を見て、他に飼い主があらわれるのをまつ→Cタイプへ

すぐに家につれていって飼いたいとたのむ→Dタイプへ

結果はつぎのページを見てね！

あなたと相性の良いペットと飼い主タイプがわかっちゃうよ！

おすすめペットは…… 

あなたの飼い主タイプ ▷▷▷ 不安バルーンタイプ

いつか来る別れを思って、なかなかペットを飼うことができないでいるみたい。すてきな飼い主をまつどうぶつがたくさんいるのをわすれないで！ しっかりもののあなたには、きちんとしたしつけの必要な犬がぴったり♡

おすすめペットは…… 

あなたの飼い主タイプ ▷▷▷ ドギマギ不器用だるまタイプ

かまれたり、ひっかかれたりするんじゃないかってこわがっていると、どうぶつにもその気もちが伝わっちゃうよ。信頼すればきっと相手もこたえてくれるはず！　まずはカメなど、ケージの中で飼えるどうぶつから始めてみるのはどう？

おすすめペットは…… ハムスター

あなたの飼い主タイプ ▷▷▷ 心うらはらあまのじゃくタイプ

大好きなのに素直になれなくて、いつもからかっておこらせてしまうね。あそび相手もいいけど、積極的にお世話をしてあげれば、信頼感がアップするよ☆ いやし系のハムスターは、あなたの母性本能をしげきしてくれて良さそう♪

おすすめペットは…… 

あなたの飼い主タイプ ▷▷▷ 自分がイチバンやきもきタイプ

ペットが家族のアイドル的存在になったら少ししっとしちゃうかも⁉　お姉さんになったつもりでせっすれば、人間として成長できるはずだよ。気まぐれな猫は、ツンツンだけどたま～に甘えてくるギャップにメロメロになっちゃう！

テスト2

あなたをどうぶつにたとえると?

まわりの人に聞いて答えてみてね!!

友だちがあなたをどんなキャラだと思っているかわかっちゃうよ！

A 信頼できる親友キャラ

いつも笑顔でそばにいてくれるやさしいあなたを、友だちは信頼しきっているよ。他の友だちには言えないことも、あなたにだけは打ちあけてくれているみたい。

B 恋バナしたい友だちキャラ

恋愛観が合うあなたと恋のお話をするのが何より楽しいと思っているよ！　経験ほうふなあなたにアドバイスしてほしがっているのかも♡

C 天然系いじられキャラ

自分ではしっかりしているつもりでも、友だちからはちょっとぬけてる天然キャラだと思われているみたい。あなたのまわりはいつも笑いがたえないね☆

D いっしょにいたいいやしキャラ

マイペースなあなたは、グループのいやしキャラになっているみたい。少しクラスのふんいきがわるくなっても、あなたのひとことでその場の空気がなごんじゃうことも♪

テスト3

朝、飼っている鳥が話しかけてきた!!

なんて言ってるか下の中からえらんで!!

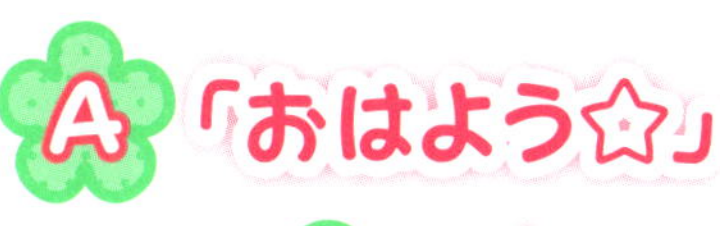

A「おはよう☆」

B「寝グセついてるよ」

C「いっしょにあそぼう」

D「わすれ物してない?」

結果はつぎのページを見てね!

あなたが飼っている、または これから飼うペットとどんな関係を きずけるかわかるよ☆

きょうだいの関係

ペットはあなたのことを、きょうだいみたいになかよしで対等な関係だと思っているよ。言うことをあまり聞いてくれないけど、あなたの様子は気にしているみたい。

親友の関係

いつもいっしょにいたい親友の関係をきずいているね！ ペットもあなたのことが大好きだから、あなたが出かけてしまうとさびしくてしょうがないみたいだよ。

あそび友だちの関係

元気いっぱいなあなたとのお散歩などを楽しみにしているよ☆　オモチャをもってきては「あそぼう！」とさそってくるね。ぎゃくにそっけない態度だとおこっちゃうかも!?

親子みたいな関係

あなたのことを自分の子どもみたいだと思っているよ。少し下に見られてしまっているから、積極的にごはんのお世話をしたりして、自分が飼い主だとわかってもらおう！

テスト4

あなたがペットに着せたい服は？

好きな服のデザインを、下の中からえらんで!!

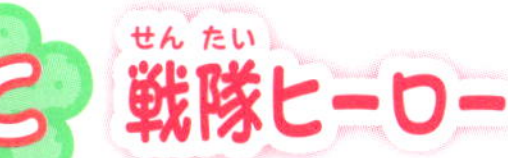

飼い主としてのあなたのかくされた才能がわかっちゃう♪

ほめじょうず

相手の良いところを見つけるのがじょうずなあなたは、クラスのみんなにも、ペットにも好かれる人気者！　でも、ペットをしつけるときにはちゃんとしかってあげてね。

お世話じょうず

しっかりもののあなたはクラスのリーダー的存在。めんどう見が良くて、先生からの信頼もあついね！　その性格をいかして、ペットのしつけもうまくできちゃいそう♪

応えんじょうず

がんばっている人を見ると、全力で応えんしたいって思っちゃうあなた。自分のペットをまっすぐな気もちでかわいがるけど、たまにやりすぎてうざがられちゃうことも!?

よろこばせじょうず

みんなをよろこばせるのが大好きな明るい性格のあなた。男女問わず友だちを作れるね。まわりの友だちや家族をたのしませるような気もちで、犬や猫にせっしてあげれば◎。

かんたんなのに効果バツグン！

なかよしペット♡おまじない

思いどおりにいかないペットとの関係は、おまじないで解決☆
気もちをこめて、ていねいに行うのが成功のポイントだよ！

お世話が楽しくなる

ペンケースの中に、ピンクのボールペンを他とさかさまに入れてね。発想が180度変わって、いつもはめんどうに感じるペットの散歩やトイレのそうじが、いやじゃなくなるよ！

気もちが通じあえる

ハートのチャームを左手ににぎりしめて、その上にやさしく右手をかぶせよう。そして、ペットのすがたを思いうかべて、名前を7回となえて。あなたの気もちがペットにとどくよ☆

運命のペットと出会える

部屋の東側に赤い小物をおいてね。出窓があればその上に、なければかべにかけてもOK。部屋に入るたびにその小物にタッチしていると、やがてどうぶつとの運命の出会いがありそう♡

ペットにやさしくなれる

両手で石けんをたっぷりあわだてて、心の中で「6，5，4，3，2，1，0」と数字をとなえよう。そのあと石けんをきれいにすすいでね♪　これでやさしい気もちになれるよ。

心あたたまるどうぶつのお話
第7話
たくさんのありがとう
マンガ／ももいろななえ
白猫のみーは両親が結婚するとき
あ
これ、みーが子猫のころの写真
知らない場所でくらすおかーさんがさびしくないようにって
そうよ～
ちっちゃーい♡
おとーさんがプレゼントしたネコ
その1年後に私が生まれたから
きっとみーは私のこと妹だと思っているんだよね

私が生まれるとき
おかーさんは心配してたみたい
赤ちゃんをひっかいたり
ふんづけるんじゃないかしら
若いころのおかーさん
ベビーベッドが
あれば平気だよ
でもジャンプ
しちゃうでしょ
若いころのおとーさん
いっそのこと
ケージに入れて……
キャットケージ
でもそんな心配は
必要なかったわ
みーはしおりの
お姉さんとして
がんばって
くれたのよ
しおりが寝てるときは
鳴いたり走りまわったり
ぜったいしなかった
キュッ
キュッ
ときどき失敗していた
トイレもできるように
なったの
どやっ
それにね……

みゃ
みゃ
みゃ
カリ
カリ
あら？みーどうしたの？
ふぇぇぇぇぇん
ふぇぇぇぇぇん
みーありがとう！
いつもしおりを見守ってくれてたのね
へぇー
リビングにあるこの写真が
家族みんなのお気にいり
しおり0才・みー1才
私の部屋にもあるし
おとーさんはこっそり手帳に入れてもちあるいているみたい

この春 私は中学生になった!
おはよー
みーのほうはもう14歳
みー、また寝てるの?おばーさんみたいだよっ
獣医師さんは『耳も目もだいぶ悪くなってます』って言ってたけど
ずっとおとなしかったからピンとこないな〜
ぷいっ
あ!
いってきまーす
ひとつだけちがうことがあった!

私が幼稚園に入って
毎朝出かけるようになると
みー
行ってきまーす
みーはリビングの出窓から
お見送りしてくれてた
でも5年生になったら
みーが年をとってきて
お見送りも
しなくなった……
学校も
楽しくないし……
しかたないけど
やっぱり
さびしいな
私が入った中学は
B小学校
2割
私
私の中学
A小学校
8割
別の中学
なかよしの子たちが
あまり来てない

さいしょはなんとなく
しゃべってたけど
部活がはじまると
ひとりぼっちに
今日部活あるから
ごめんね～
私、中学から本格的に
ダンスを始めたから
帰宅部なんだよね
いじめられてるわけでも
はじかれてるわけでもない
席の近い子とは
ふつうに話すし
はぁっ
でもなんとなく
つまらないんだよね
しおり
そういえば中学で
お友だちできた？
ぎくっっ
えっ？

本当のこと言ったら「ダンスやめて部活しなさい」って言われそう……
う、うん けっこう気の合うコもいるよ！
心配かけたくないし あれで良かったよね
あれ？ 部屋に来るなんて めずらしいね
別の日も
また来たの？
ペロ ペロ
みーが私の部屋に 来るなんて おかーさんが 出かけてるときの ご飯のさいそく くらいだったのに
いまさら この部屋が 気に入ったのかな？
もしかして……

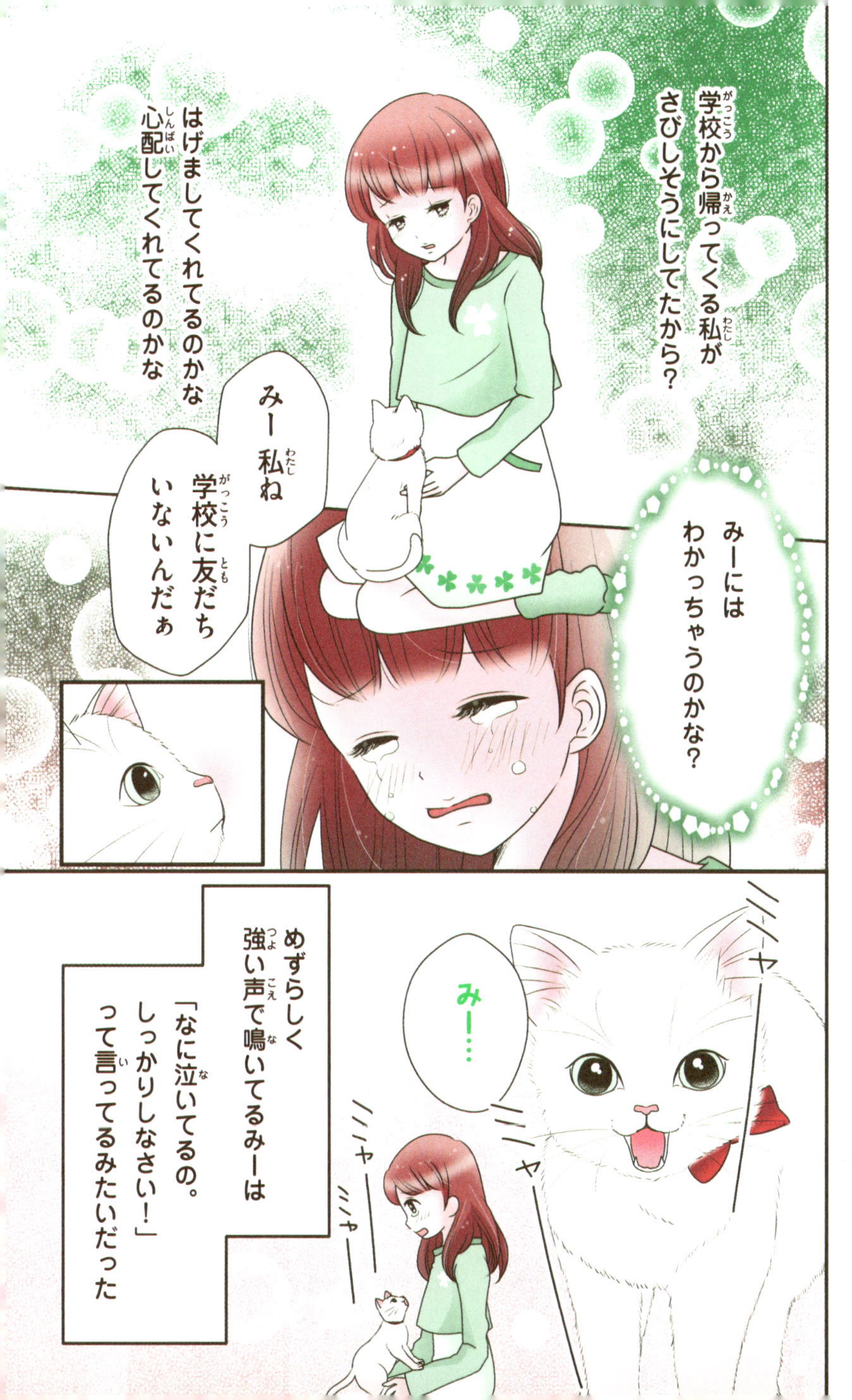
学校から帰ってくる私がさびしそうにしてたから？
はげましてくれてるのかな
心配してくれてるのかな
みーにはわかっちゃうのかな？
みー私ね
学校に友だちいないんだぁ
ミ〜〜ャ
み―…
ミ〜ャ
ミャー
ミャー
めずらしく強い声で鳴いてるみーは
「なに泣いてるの。しっかりしなさい！」
って言ってるみたいだった

6月
ザァ
はあっ
おかーさん
どうしたの？
みーがまた
ご飯のこしてて
お水もほとんど
飲んでないのよ
どんどんやせてるし
心配だわ……
つぎの日曜日
動物病院へ
ただいま
おとーさん
おかえり！
みーどうだった？
獣医師さんは
なんて？
……はっきり言うと
あまり良い結果ではなかった
みーはもうトシで
弱ってきているみたいだ
移動は苦手だから
つれていくだけでも
つかれさせちゃうし
せめて
大好きなわが家で
のこりの生活を
送らせてあげよう
のこりって……

みーがいなくなるなんて
ぜったいにいや！
しおり！
私が生まれたときから
いつもそばにいて
わあああああああああ
みーがいることが
あたりまえだったのに!!
そんなことが
あった数日後
学校でもすごく
ショックな
ことがあった
社会科見学
グループ分け
学習班とは別に
自分たちの好きな班を
作っていいぞー
わあっ
やったー
あたらしい班かぁ
まあだれかが
声かけてくれるよね
ざわ
ざわ

わい
わい
グループになろうよー

わい
いっしょにやろう!
わい
うんっ

ねえ
私ひとりですわってるよ？
どうしてだれも気づかないの？
キュッ
どうした？熱でもあるのか？
いいえ……
なんだ班が決まってないのか？
おーい女子！しおりがあまってるぞー
どっかの班に入れてやってくれ！
カアアア
やめて！
あまってるんだってー
あーあ
おまえ入れてやれよー
えー
まるで仲間はずれって宣言されたみたい

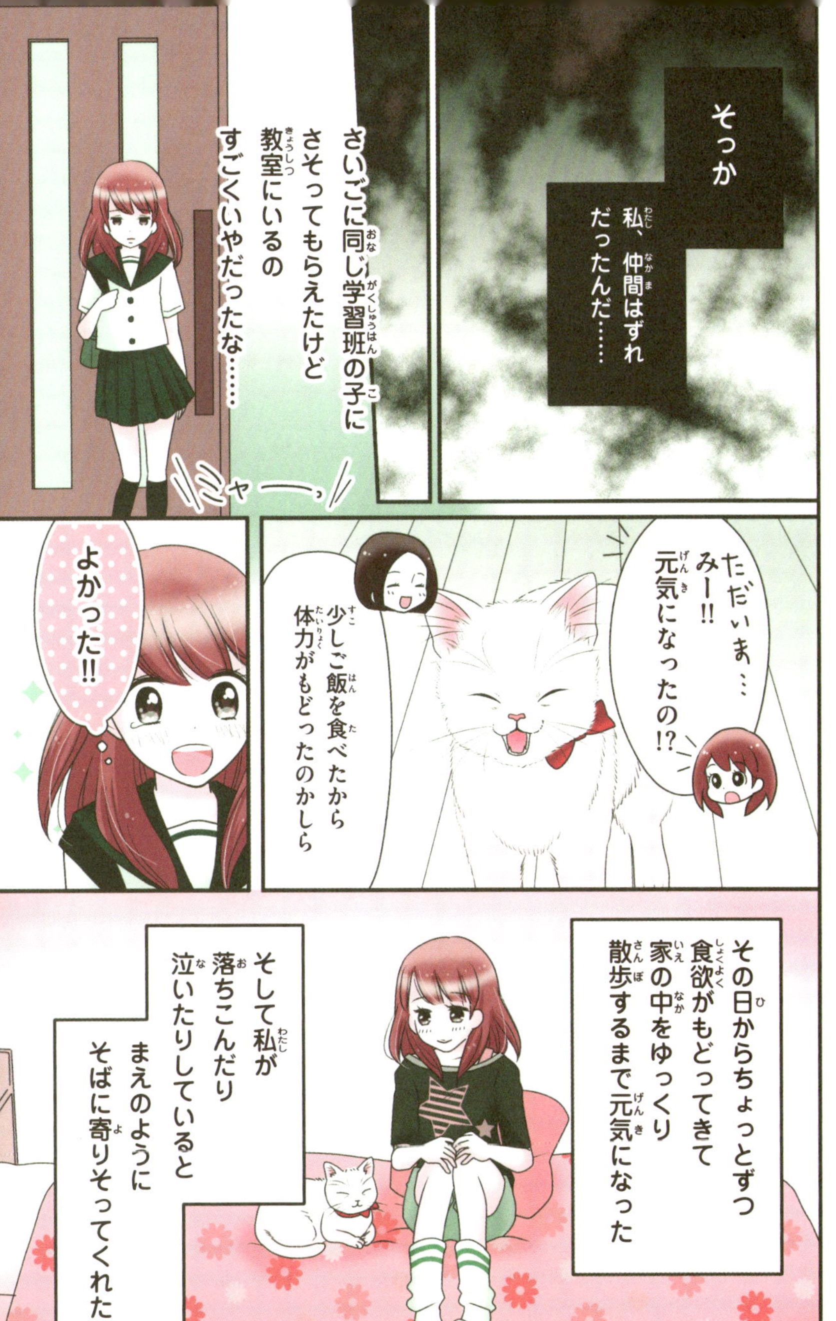
そっか
私、仲間はずれだったんだ……
さいごに同じ学習班の子にさそってもらえたけど
教室にいるのすごくいやだったな……
ミャー
ただいま……
みー!!
元気になったの!?
少しご飯を食べたから体力がもどったのかしら
よかった!!
その日からちょっとずつ食欲がもどってきて家の中をゆっくり散歩するまで元気になった
そして私が落ちこんだり泣いたりしているとまえのようにそばに寄りそってくれた

ダンス スクール
今日から夏休み！
学校のことはわすれて大好きなダンスをがんばるんだ！
しおり もっと元気に！
ダンスの先生
もっと明るく！笑顔で!!
私そんなに暗いかなぁ
くすくす
むぎゅ〜〜
あなた しおりちゃんだよね！
見られてた?!
う、うん えーっと…
あたし美紀！K中の1年なんだ

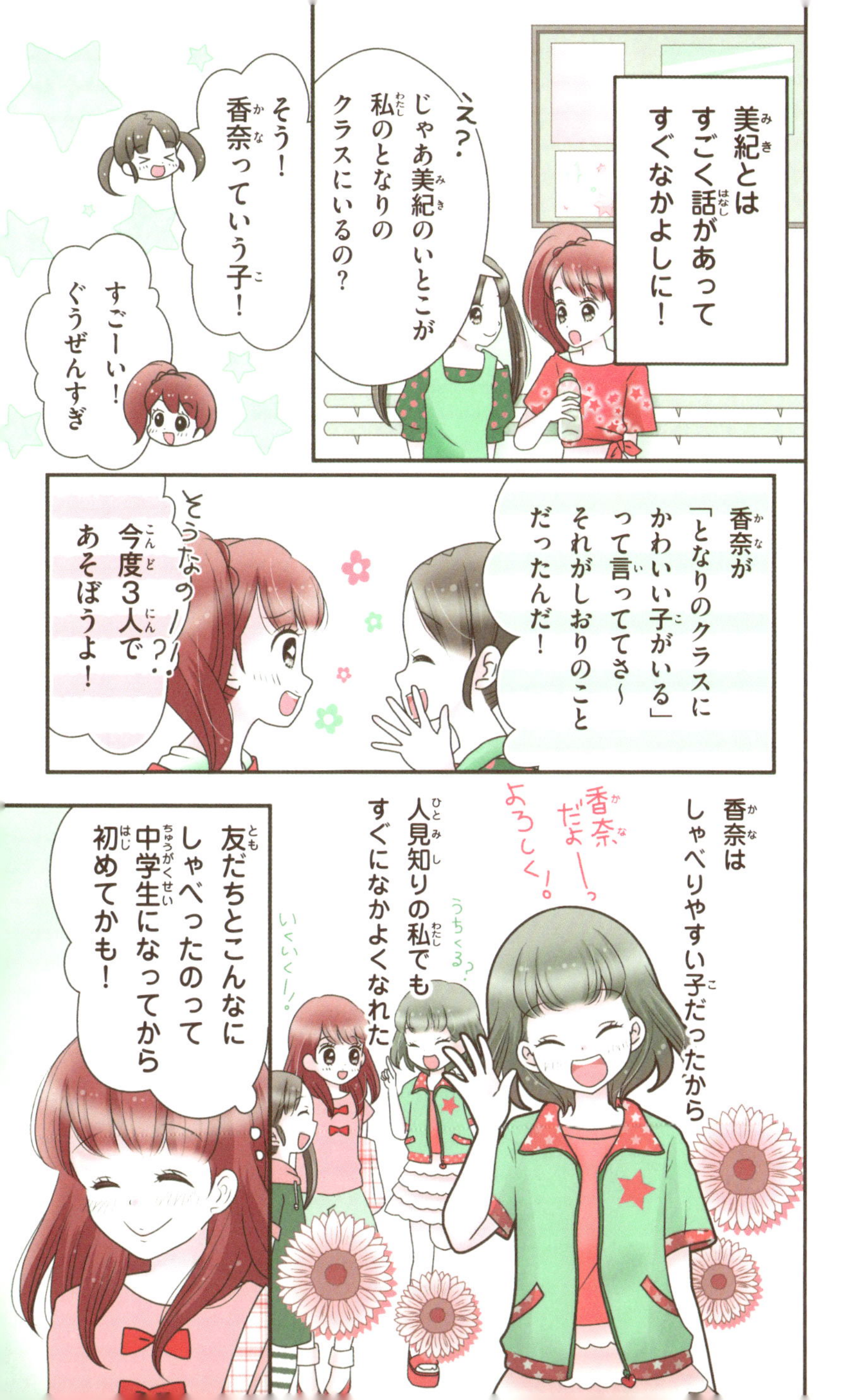
美紀とはすごく話があってすぐなかよしに！
え？じゃあ美紀のいとこが私のとなりのクラスにいるの？
そう！香奈っていう子！
すごーい！ぐうぜんすぎ
香奈が「となりのクラスにかわいい子がいる」って言っててさ～それがしおりのことだったんだ！
そうなの！？今度3人であそぼうよ！
香奈はしゃべりやすい子だったから人見知りの私でもすぐになかよくなれた
香奈だよ――っよろしく！
うちくる？
いくいく！！
友だちとこんなにしゃべったのって中学生になってから初めてかも！

香奈
今日で夏休み終わりだね
でも香奈がいるから学校楽しみかも♪
よろしく~!
わたしも楽しみ！
ズッ友☆
ぽちぽち
あのときグループわけであぶれてた私に友だちができるなんて！
2学期に入るとテニス部の香奈のおかげでテニス部の子たちともいっぱいしゃべれるようになった
しおりっておもしろいよね！なんだか意外
えー？　そう？
わかる～なんとなく話しかけにくいふんいきだったし
ひとりでいるのが好きなのかと思ってた！

ってことが
あってね
そういえば
1学期は自分から
周りに話しかけなかったし
声かけられるのを
まってるだけだったな
ってちょっと反省しちゃった
みーのまえでは
なん回も
泣いちゃったけど
今は学校行くのが
すっごく楽しい！
ありがとうね
みー！
ミャー

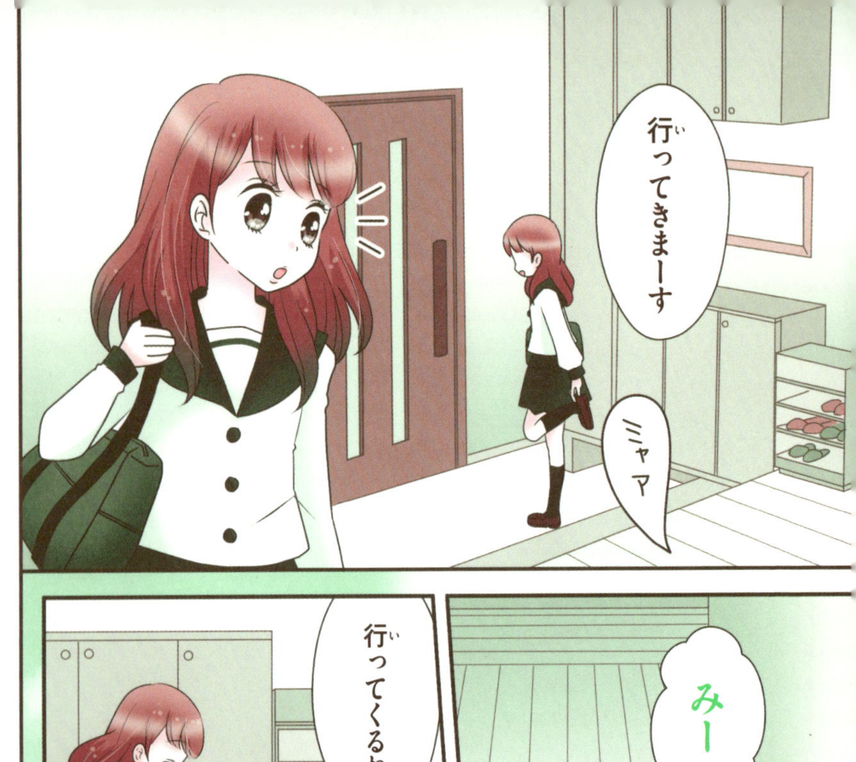

みーがろうかに出てくるなんてめずらしい……

なんだろう
落ちつかない……
すごく
いやな感じが
……り
しおり！
はっ
じつは……
あ、ごめん何？
しおり
ちょっとヘンだよ
どうしたの？
そんなに
気になるなら
帰ったほうが
いいよ！
ダンスのレッスンは
休んじゃえばいいじゃん
早く帰ってあげなよ！
うん！

みーー!
みーー!!
ただいま!!
バーンッ
しおり!?
おかーさん今日ダンスレッスン休んじゃ……
良かったまにあって
早くこっちに
ハァーー
ハァーー
え?

なんなの？
しおりが学校に行ってから みー、ぜんぜん動かなく なっちゃったの
けいれんもしてるし たぶん……もうダメだと
どういうこと？
なんで⁉
動物病院行こうよ！ 早く!!
なんで？
そんなのいやだよ！ そんなのダメ!!
電話したら獣医師さんも 「ここにつれてくることで 猫に負担かけちゃうから ご自宅でしっかり見とって あげてください」って…… ここがみーの家だもの

みー……
みー!!
目をあけて?
ねえ、目をあけてよ!
ミャ、、
みー?
すっ
みー……

みーーっ
やわらかくて あったかいのに
なん度呼んでも もうみーは 目をあけなかった
みーはしおりを まってたのね
本当は夏をこえる力は のこってなかったと 思うんだけど
あのころのしおりが あまりにも元気なかったから そんなしおりをおいては いけなかったんでしょうね

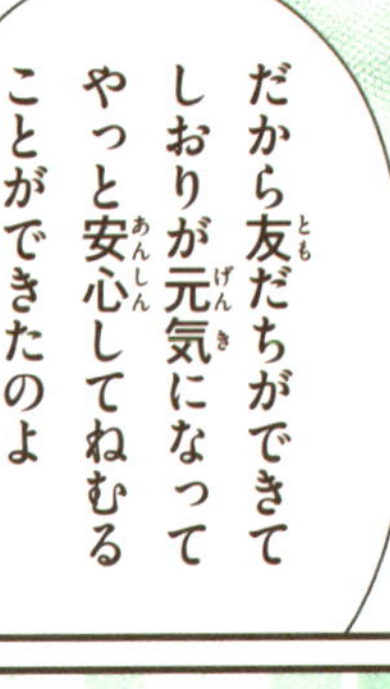

おかーさん
知ってたの？

みーは私のために
がんばってくれてたの？

だから私の部屋に
いてくれたの？

友だちができたから
もう安心って思ったの？

みーごめんね
心配かけてごめんね

がんばらせちゃって
ごめんね

ごめんね

その日私は、みーに
あやまりつづけた

ピンポーン
おはよう みーちゃんのこと メールくれて ありがとう
しおり… たくさん泣いたって 顔してるよ
私には こんなやさしい 友だちができた はげましてくれた みーのおかげ
香奈だって 目がまっ赤だよ
だからみーのためにも つらいけど学校に行こう もう心配かけたくないもん
そのことを 私はわすれない
ミャー
行ってらっしゃい
しっかりね がんばって

みー
ありがとう
行ってきます！
もう
だいじょうぶだから！

手でふれようとすると、ふっといなくなったり、
えさをあげても、ツーンとすましていたり……。
でも、そばにいてくれないと、やっぱりさびしい。
そんなちいさなどうぶつたちとの♥なお話だよ。

ピースがくれたキズナ

「麻里亜ちゃんにプレゼントがあるんだ」

そう言って、新しいお父さんはあたしにセキセイインコのヒナをくれた。

新しいおうちと新しいお父さん、七歳のあたしは不安でいっぱいだった。月に二回しか会えなくても、本当のパパが大好きだったし、いきなり新しいお父さんといっしょにくらすのも、なんだかこわかった。

そんなあたしと、**新しいお父さんをつなげてくれたのが、ピース**だった。

初めて会ったとき、ピースの青い羽根はまだほわほわで、ふーって息をふきかけたら飛んでいきそうなくらいちいさかった。

「ピースはまだ自分でエサを食べられないんだ。だから守ってあげなきゃ」

お父さんにいろいろおしえてもらいながら、スプーンでエサをあげたり、ケージのおそうじをしたり、ピースのお世話は思った以上にたいへんだった。

でも、あたしとお父さんが話していると、

いっしょになって「ピロロッ」って鳴いたり、あたしのあとをちょこちょこ歩いてきたり、どんなしぐさもかわいくて、ピースの羽が晴れた日の空みたいに青く色づいたころには、ピースとも新しいお父さんとも、あたしはすっかりなかよしになっていた。

いま思えば、あのときがあたしの〝しあわせのピーク〟ってやつだったのかもしれない……。

★　★　★

あれから十年、中学三年生になったあたしは、毎日、目が回りそうなくらいいそがしい。

「麻里亜、あしたから晴くん病院だから、おうちのことお願い」

「えーっ？　またあたしが……」

七歳になった晴くんは病気がちで、定期的に検査している。そういうとき、ママに代わって、おうちのことをやるのはあたし。
「そういう言いかたはないいんじゃないか？ママだってたいへんなんだ」
晴くんといたお父さんが口をはさむ。
「そんなの言われなくても、わかってるよ」
あたしのきつい口調がその場の空気を重くする。あたしは自分の部屋に逃げこんだ。
「今日もつかれたね、ピース」
晴くんが二歳のとき、アレルギーがひどくならないように、ピースのケージはリビングから、あたしの部屋にうつされた。

「マリア、ナカナイデ、マリア……」
あたしは笑いながらケージをあける。
「泣いてないよ。つかれただけ……」
ひょこひょこと歩きながら、あたしの手の上にのっかるピース。
「マリア、ツヨイコ」
「そうだね、晴くんの病気はだれのせいでもないもんね」
晴くんも、ママも悪くない。そんなこと、あたしだってわかってる。だれが悪いわけでもないというのは、わかってるけど……。
「なんでかな……いつから、こんなんなっ

ちゃったんだろう……」

ピースはあたしの手から飛びたつと、パタパタと部屋の中を一周してから、あたしの肩にのる。

「ピヨ……ピッ、ピッ、ピッ……マリア、ダイスキ、ハルクン、ダイスキ……」

「……なぐさめてくれてるの？」

「……オヤツ……オナカスイタ……」

あたしは思わずふきだした。

ピースはふたたび飛びたつと、つくえの上におりてきて、ひょこひょこ歩きまわりながら、あたしを見上げていた。

そんなピースのすがたは、あたしに少しだけ元気をくれた。

★　★　★

「ママが心配してたぞ」

「……何を？」

お父さんとふたりきりの食事は息がつまりそうだった。

「このごろあんまり話をしてくれないって……学校はどうなんだ？」

「……話って、ママだって家にいないし」

こんな言いかたしかできない自分がいやになる。

「もう、ほっといてよ」

「そういうわけにはいかないよ。お父さんだって麻里亜のことが心配なんだ」

「何が心配？　あたしのこと、信用できないってこと？」

「そうじゃないけど……」

お父さんはこまったような顔をしていた。

それでもあたしは止めることができなかった。言いたくもないのに、言葉がどんどんきつくなってしまっていた。

「もういいっ！　心配なんてしてないくせに！　本当のお父さんじゃないくせにっ！」

言ってしまってから、しまったと思った。

お父さんがあんな顔をするなんて……。

（……あたし、サイテーだ）

自分の部屋にかけこんで、ドアをいきおいよくバタンとしめる。

ベッドにもぐりこむとなみだが出てきた。

「マリア、ナカナイデ」

「うるさいっ！」

あたしは、まくらをつかむと、ピースのケージの近くにバサッと投げつける。ピースはびっくりしながらも、くりかえした。

「マリア、ツヨイコ、マリア、ダイスキ……」

それはぜんぶ、お父さんの言葉だった。
あたしがかなしんでいるとき、さみしいとき、お父さんはいつもなぐさめてくれた。
そんなお父さんの言葉を、ピースはみんなおぼえていた……。
「……マリア、ナカナイデ、マリア……」
「もうっ、だまって！」
あたしはどなりながら、ピースのケージに布をかぶせる。こんなことする自分がいや……でも、もうどうにもできなかった。

★　★　★

結局、晴くんが退院してくるまで、あたしはほとんどお父さんと口をきかなかった。

晴くんの検査結果は良かったので、しばらくふつうに小学校に通えることになった。
それは、すごくうれしいことなのに、あたしだけ、素直によろこべない。うちのなかで、あたしだけが、ひとりぼっちだった。
家にいるのがつらくて、いろんな理由をつくっては夜おそく帰る日がふえていく。
その日も、あたしがうちに帰ったのは、夜の九時ちかくだった。
「ピース、ただいま」
言いながら、あたしがケージをあけても、ピースはぐったりしたまま出てこない。
「ピース、おいで。どうしたの？」

いつもなら、うれしそうに飛びだしてきてくれるのに、今日はピクリとも動かない……うそ、ぜったいおかしい!! あたしは思わず声をあげた。

「お父さん、ちょっと来て。ピースが!!」

あたしの声でただごとじゃないと感じたのか、お父さんはすぐに飛んできてくれた。

それから、ピースの様子をみると、ガラスケース、それとヒーターを出してくる。

「弱っていると、体温がうまく調整できないんだ。とにかくあたためて」

あたしは、お父さんに言われたように、ピースをガラスケースにうつすと、そっとシーツをかけた。

「朝になったら動物病院につれていこう」

「朝？　いますぐのほうが……」

「だいじょうぶ、心配いらないよ。それより、こんな時間にあいている動物病院をさがして、ピースを車であちこちつれまわすのはかわいそうだ。とにかく、いまは安静にしていたほうがいい」

　たしかに、お父さんの言うとおりだった。ガラスケースの中で横たわっているピースにとって、車での移動はつらいはず……。

「わかった、そうする」

　あたしがうなずくと、お父さんはあたしの髪をくしゃくしゃっとなでてくれた。

★　★　★

　つぎの日の朝、あたしはすぐにピースをかかえて、動物病院にかけこんだ。

（あたしがいけないんだ……八つあたりしたりして……家にも帰らずほうっておいて……あたしがピースを病気に……）

　ゆうべは不安でねむれなかった。だから、獣医師さんから「お薬を飲めば治りますよ」と言われたときは、本当にホッとした。

「応急処置がよかったんでしょう」

　さいごに獣医師さんはそう言った。

（お父さんのおかげだ……もしお父さんがいなかったら……）

あたしは早く、お父さんに会いたかった。
早く会って、ピースのことを伝えたかった。
お父さんもピースのことが気がかりだったのか、仕事から帰ってくると、すぐにあたしの部屋のドアをノックした。
「どうだった？」
「お薬飲めばだいじょうぶだって」
そう言ったしゅんかん、お父さんがホッと安心したような表情をうかべたのを見て、あたしは自分がしてきたことを反省した。
（ピースはあたしだけのピースじゃない。お父さんにとってもだいじな家族なのに……あたし……）

いつのまにか、なみだがこぼれてくる。
「麻里亜、心配ないよ。ピースはかならず治る。すぐに元気になるはずだから、みんなでしっかり見守ってあげよう」
お父さんの力強い言葉に、あたしは泣きながらなん度もうなずいた。そしてそのとき、お父さんとあたしのあいだのかべが、こわれてなくなったような気がした……。

★ ★ ★

「パパ！ ママ！ お姉ちゃん！」
自分の部屋にいる晴くんの大きな声が、リビングまでひびきわたる。

あたしとママ、そしてお父さんの三人は顔を見合わせると、あわてて晴くんの部屋にかけこんだ。

ピースが晴くんの頭のまわりを、パタパタとからかうように飛びまわっていた。

「何してるの、晴くん？」

「お姉ちゃん助けてよ！　ピースがお部屋にもどってくれないよっ！」

あたしは笑いをこらえながら、ピースにむかって手をのばす。その指先にピースがスッととまると、あたしはピースをケージの中にもどした。

「まあ、すっかり元気になって……」

「本当に、元気すぎるくらいだな」

ママとお父さんが、あきれながらも、うれしそうな顔でケージの中をのぞきこむ。

すっかり元気になったピースは、晴くんの部屋にうつされた。晴くんの体調も安定してきて、お医者さんから、ペットのお世話をしてもいいと、許可が出たからだ。

でも、まだまだ晴くんのお世話は半人前で、こうして家族みんなをさわがせている。

ただ、こうやってピースをかこんでいると、あのころを思いだす。まだヒナだったピースのお世話をしていたころ……。

そして、あのときも、今も、お父さんは

何ひとつ変わっていなかった。自分の居場所を見うしなって、大切なことをわすれていたのは、あたしだった。

「晴くんもやってみる?」

あたしが聞くと、晴くんは目をキラキラさせながら、大きくうなずいた。

あたしがケージをあけると、ピースはすぐに出てきて、あたしの頭上をくるくると回った。そして、あたしが右手をスッと前にのばすと、その指先にとまって、

『ピヨヨヨヨ』

と鳴いた。

「ぼくもーっ!」

晴くんがあたしのまねをして、右手をまえに出す。

「ほら、ピース、晴くんとあそんであげて」

飛びたつのをうながすように、あたしが右手をゆっくり上にあげると、ピースはパタパタと飛びあがった。でも、晴くんの指先には、いっこうにとまろうとしない。

「もうっ、どうして!?」

ふたたび晴くんの上をからかうように飛びはじめたピースと、こまった顔で立ちつくす晴くんに、あたしとお父さんは顔を見合わせ笑いだす。

こんな何げないしゅんかんを、あたしは
しあわせだと思えるようになった。

あたしをそんなふうにしてくれたのは、
ピース、やっぱりキミなんだね。

あたしのショウ君

「ダメなものはダメよ」

ママに言われたあたしは、やっぱりって思った。親友の奈々がポメラニアンを飼いはじめて、毎日写真を見せられているうちに、あたしもワンコがほしくなっちゃった。

でも、うちのマンションのきまりはけっこうきびしくて、鳴き声がするペットは飼えないんだって。

近所に住んでいるおじいちゃんに、そのことを話すと、おじいちゃんは庭先においてある水そうを指さしながら言った。

「梨々香、カメはどうだ？」

「えーっ、カメ？　かわいくないよ。なつかないし、ふわふわじゃないし……」

ふくれっつらのあたしにむかって、おじいちゃんはおかしそうに笑いながら、水そうの中を見せてくれる。

「たしかに、ふわふわじゃないけどな。でも、カメはかわいいぞ。それに、ちゃんとなつく。ほら、どうだ？」

水そうには、大きな石やレンガがあって、カメはその上にいた。おじいちゃんが茶色いエサを指でつまんで近づけると、カメは首をのばして、それをパクッと食べる。

「そんなのだれがやったって同じだよ」

言いながらあたしは、おじいちゃんと同じようにやってみた。

「……ん？　なんで？　どうして食べてくれないのよ」

「こう見えて、気むずかしい性格なんだ、さゆりさんは……」

「さゆりさん……って言うんだ……」

あたしのエサに見むきもしなかったさゆ

りさんは、もう一度、おじいちゃんがエサを近づけると、あたりまえのような顔でパクッと食べる。

「どうだ？　なついてるだろ？」

「んー、そうかもしれないけど……」

エサを食べてもらえないのは、ちょっとくやしかった。なんか、ちょっとかわいいかも、とも思った。

でも、やっぱりあたしは、ふわふわのワンコがほしかった。

★　★　★

それから一か月くらいたった日。その日はあたしのおたんじょう日だった。

「ただいま！」

学校から家に帰ってきて、いきおいよく玄関のドアをあけると、おくのほうからおじいちゃんの声が聞こえてきた。

「おう、梨々香、おかえり」

あたしはあわててくつをぬぐと、リビングにかけこむ。

「おじいちゃん、いらっしゃい……って、みんな何してるの？」

おじいちゃんとママ、それからお兄ちゃんもリビングのローテーブルの上におかれた水そうをのぞきこんでいた。

「梨々香、おたんじょう日おめでとう。な

ん歳になるんだ？」
おじいちゃんに聞かれたあたしは、答えながら水そうに近づく。
「十三歳だけど……ねえ、それ何？」
「梨々香へのたんじょう日プレゼントだよ。かわいいだろ？」
水そうをのぞきこんだあたしは、思わず言葉をうしなった。
そこにいたのはカメだった。
「さゆりさんと同じ、ニホンイシガメっていう種類のカメで、まだ三歳くらいだから性別はわかりづらいけど……」
おじいちゃんの話を聞きながら、あたしは水そうの中のカメを見おろす。
（あたし、カメが好きだなんて、ひとことも言ってないのに……）
あたしは不満でいっぱいだった。でも、カメをじっと見つめているうちに、ふしぎな感情がめばえてくる。
（むむっ、こいつかわいいかも……）
そんなあたしのとなりで、お兄ちゃんはからかうような笑みをうかべる。
「やったじゃん、ペット飼いたかったんだろ？　ふわふわじゃないけど」
「ちょっと、お兄ちゃんはだまっててよ」

あたしはそう言うと、おじいちゃんにむきなおった。

「おじいちゃん、ありがとう。でも、あたしにお世話できるかな?」

「だいじょうぶ、心配いらないよ。こまったときはこれを読むといい」

そう言って、おじいちゃんがくれたのは、**『観察日記』**と書かれたノートだった。

「さゆりさんとのことが書いてある。きっと役に立つと思うよ」

おじいちゃんの笑顔に、あたしは勇気づけられる。

あたしは、力強くうなずきながら、観察日記を受けとった。

★　★　★

おじいちゃんが、たぶんオスだと思うって言ってたから、**あたしはカメさんのことをショウ君って呼ぶことにした。**

なんでかっていうと、じつは同じクラスにちょっといいなと思う男の子がいて、その子の名前からもらうことにしたから……。

だから、ママやパパ、もちろんお兄ちゃんにも、ショウ君の名前の理由はヒミツ。

そうやってあたしは、図書館でカメの育てかたに関する本を借りてきたり、ネットで調べたりしながら、ショウ君のお世話を始めることになった。

・・

おじいちゃんの観察日記にも目を通しながら、ショウ君の様子を観察するのは、とってもワクワクして、たいへんだなんて思わなかった。

水そうの水をかえたり、晴れてる日にはベランダで日光浴をさせたり……。

でも、あたしの手からごはんを食べてもらうことには、やっぱりちょっと手こずった。

ごはんをのせた手を近づけると、ショウ君はいっしゅんだけこっちを見るものの、すぐに**プイッとそっぽをむいて**しまう。

しかたなく、あたしはごはんを水にそっとうかべる。それでも食べてくれないから、あたしはちょっとはなれてみる。

そうすると、しばらくしてショウ君は、あたしがよそ見したりしているあいだに、**パクッ**とごはんを食べちゃってる……。

それであたしは、水にうかべたごはんがなくなっているのを見て、またヘコむ。

そんなことをくりかえしているうち、あたしはどんどん自信がなくなっていった。

（あたしのこと、きらいなのかな……）

でも、そんなあたしを元気づけてくれたのが、おじいちゃんの観察日記だった。

おじいちゃんの観察日記には、『**ごはんをほしがり手足をバタバタ**』とか、『**ヒザの上によじのぼっていねむり**』とか、さゆりさんの様子が細かく書かれていて、おじいちゃんとさゆりさんがすごくなかよしなんだなっていうのが伝わってきた。

（あたしもいつか、ショウ君とそんなふうになかよくなれたらいいな〜）

おじいちゃんの観察日記は、あたしを応えんしてくれてるみたいだった。

★　★　★

そして、その日はとつぜんやってきた。

ショウ君はレンガの上でこうら干しをしていた。

「ショウ君、ごはんだよ」

クールなショウ君は、声をかけてもピクリとも動かない。じっとしているショウ君は、およいでいるときとちがって、またかなりかっこいいんだよね。

そんなショウ君の態度にもなれてきたころだった。

あたしがふくろからゴソゴソごはんを出そうとしていると、ショウ君がパタパタとおよいでこっちに近づいてくる。

（もしかして、ごはんおねだりしてる⁉）

そう思ったあたしが、ごはんを手の上にのせ、そっと近づけたら、ショウ君はレンガからおりて首をのばし、パクッと食べた。

（わっ、やったー！）

あたしは、思わず飛びあがってよろこんでしまった。このときあたしは、ショウ君と心が通じあったことをヒシヒシと感じた。

あたしはうれしくなって、つづけてごはんをあげると、**ショウ君は首をのばして、あたしの手からまたパクッと食べた。**

そのすがたはほおずりしたくなるほどかわいいんだけど、ショウ君はすぐにプイッとそっぽを向くと、レンガによじのぼってこうら干しを始める。

「もう、ツンデレ君なんだから」

今では、そんなツンツンした態度のショウ君もいとおしかった。

だから学校にいても、塾にいても、ショウ君のことが気になってしかたない。

「それ、カメ？　飼ってるの？」

早くショウ君に会いたくて、ショウ君の写真を見ていたあたしに声をかけてきたのは奈々だった。

「あっ……うん……まあね」

あたしははずかしくて、奈々にはまだ、ショウ君のことをないしょにしていた。

「わあ、かわいいっ！　今度、見せてよ。ねえ、見にいっていいでしょ？」

はしゃぐ奈々を見たしゅんかん、あたしはホッと胸をなでおろす。そして思った。

なんで、あんなにふわふわにこだわってたんだろうって……。

だからあたしは奈々にどうどうと言った。

「かわいいじゃなくて、かっこいいだから」

奈々はきょとんとしてたけど、あたしはそんなふうにショウ君のことを奈々に話せることがうれしかった。

あたしはショウ君が大好き。

それでいいじゃんって思えた。カメでもワンコでも、自分が好きなものを、ちゃんと好きって言えることが、すてきなことなんだなって、心から思えた。

それからあたしは、学校から帰るとすぐ、ショウ君に報告した。

「今度、奈々が会いにくるよ」

ショウ君の顔が、いっしゅん、きんちょうしたように見

える。そんなショウ君は、ちょっとだけいつもよりイケメンだった。

「ただね、ちょっと問題があるんだよね」

ショウ君はみじかい手足を必死にのばして、レンガをよじのぼっていた。それからつみあげたレンガの頂上にたどりつくと、あたしにむかって**ニョキッ**と首をのばす。

まるで、『**何？　ボクで良かったら聞くよ**』って言ってるみたいだった。

「ショウ君の名前……奈々に言ったら、あたしが翔君のことが好きだってバレちゃうんだよね。ねえ、どうしたらいい？」

言いながらあたしが水そうをのぞきこむと、ショウ君は水そうのかべをパタパタとかくようにたたいていた。それは、『**ごはんちょうだい**』**の合図**だった。

「もうっ、しんけんになやんでるのに」

ほほをふくらませ、おこった顔をしてみせても、ショウ君は気づかないふりで、いつまでもごはんをおねだりしていた。

「わかったわよ。今あげるから……」

そしてショウ君はあたしの手から、ごはんを**パクッ**と食べる。

それはなん度見てもいとおしくて、ショウ君があたしに心をひらいてくれている証拠だった。

「満足した？　それなら、今度はあたしの番。ショウ君があたしの話を聞く時間だよ」

あたしが話しかけても、あいかわらず、

そっけない態度のショウ君。でもね、あたしには聞こえるんだ。

『わかったよ、聞けばいいんだろ？』
大好きなショウ君の、心の声が……。

第10話 ぼくがモモにできること

「ただいま、モモ！」

ぼくが声をかけると、モモはねむたそうな顔をしながら巣箱から出てきた。

しばらくケージの中をウロウロしてから、ぼくの近くまで来ると、ちいさなちいさな手で、ケージを**カリカリ**と引っかく。

すごくむちゅうで、必死なすがたを見ていると、いまにも、**『圭太、おなか空いたよ～!!』**って、おねだりする声が聞こえてきそうだ。

＊＊＊＊＊＊＊＊＊＊＊＊＊＊

「まだごはん食べてないのか？　ちょっとまてよ、えーっと、モモのごはんは……」

ケージのそばにおいてあるモモのお世話箱の中には、そうじをするための道具や、ペレットと呼ばれるハムスター用のごはんが入っている。

ぼくは箱の中に手をつっこむと、ガサゴソとモモのごはんを探した。

「お兄ちゃん、何してるの？」

妹の明奈が心配そうにぼくの手もとをの

ぞきこむ。

「何って……モモがおなか空いてるみたいだから……モモのごはんは……どこだっけ？」

「もう、お兄ちゃんってば、勝手なことしないでよ。これからケージのおそうじするんだから。ごはんはそのあとだってば！」

「えーっ、ちょっとくらいならいいだろ？　モモのごはんタイムって、見てるだけでいやされるんだよ」

＊　＊　＊

明奈はそんなぼくを押しのけると、さっさとケージのそうじに取りかかる。

モモが家に来てから、もうすぐ一年半がたとうとしていた。

さいしょのころは、ぼくもいろいろお世話してたけど、さいきんはいそがしくてかまってあげられないことのほうが多い。

ことしの春に中学校に入学してからは、サッカー部の練習で帰りがおそくなることもあって、お世話は小学三年生の明奈にまかせっきり。

ぼくはたまにちょっかいを出しては、モモのかわいらしさにいやされている。

モモは**ゴールデンハムスター**っていう種類のハムスターで、他のハムスターよりもちょっと大きめだけど、茶色い顔にクリクリの黒いひとみがすごくかわいくて、とっても人なつっこいやつ。

そうそう、**モモなんていう名前だけど、じつは男の子で、背中にある茶色のブチが四つ葉のクローバーみたいなかたちをしてるんだ。**

「お兄ちゃんも、たまにはモモのお世話、ちゃんと手伝ってよね。明奈だって、宿題とか、友だちとあそんだりとか、いろいろいそがしいんだから」

「はい、はい、ごくろうさま。でもな、中学生は、もっといそがしいんだよ」

近ごろ、ママみたいに口うるさくなってきた明奈をてきとうにあしらいながら、ぼくはまだカリカリとケージを引っかいているモモに、そっと指を近づけてみる。

ジタバタともがきながら、こまったような顔でぼくを見上げるモモを見ると、男でもキュンキュンする。

妹の明奈だって、赤ちゃんだったころはかわいいとか思ったけど、今ではまるでちいさくなったママそのもの。

ぼくを見つけると、あーでもない、こーでもないって、もんくばっかり。

「明奈もずうっと赤ちゃんだったら良かったのにな、モモ」

「何それ?」

「別にぃ……」

そう、ぼくは、モモはずーっとちいさな赤ちゃんのままでいてくれると、どこかで思っていた。

いつまでもぼくの手の中にすっぽりおさまっちゃうモモの体が、そんなふうに思わせたのかもしれない。

ずっと、ぼくといっしょにいてくれる。

ずっと、ぼくのそばにいて、いつまでもいやしてくれる。そんなことが永遠につづくと思ってたんだ。

★　★　★

モモのようすがおかしいと思ったのは、それから一週間もたたないある日の、夕方のことだった。

「お兄ちゃん、なんか今日のモモ、へんじゃない？」

「そうか？　別にいつもと同じだと思うけど……」

さいしょに気づいたのは明奈だった。ケージのそうじをして、ごはんをあげて、モモのからだに変化がないかチェックして……って、毎日ちゃんとモモのお世話をしていた明奈が、先に気づいたのは当然のことだったと思う。

「同じじゃないよ、ぜったいにおかしい……明奈、ママ呼んでくる」

明奈はきっぱりとそう言いきると、すぐにママを呼びにいった。

ぼくは明奈の気のせいだと思ったけど、それでもやっぱり少しだけ不安だった。言われてみれば、いつもより元気がないような気もする。

「動物病院につれていってあげなさい」

ママの顔がいつになくしんけんだったせいかもしれない。動物病院につくまでのあいだ、ぼくはだんだんこわくなってきて、

逃げだしたくなった。

（どうしよう……重い病気だったら……もう治らないって言われたら……まさか、そんなことない。モモにかぎって、ぜったいにだいじょうぶなはず……）

　そうやって、いのるような気もちでついた動物病院で、ぼくは、どうにもできない現実を聞かされた。

「老化が始まってるんだよ。ハムスターの寿命は二～三年だからね。この子はもう一歳半だし、おじいさんなんだ」

「……それじゃあ、もうモモは……元気にならないの？」
明奈が不安そうに聞くと、獣医師さんがにっこりとほほえみながら答える。
「ハムスターも人間と同じで、年をとれば体力も落ちるし、体の自由もきかなくなってくるから、病気やけがもしやすくなる。だから、そういうことに気をつけて、お世話をしてあげれば、ちゃんと長生きできるんだよ」
それから獣医師さんは、明奈の頭をポンポンとなでた。
「この時期に、よく気づいたね。ちゃんとお世話をしていた証拠だ。だいじょうぶ、まだまだ、この子は元気だよ」
その言葉に、明奈はうれしそうに、顔をパッとかがやかせる。そのそばでぼくは、ふくざつな気持ちだった。
さっき言われた、老化とか寿命とかいう言葉が、心にずしっと重くのしかかってくる……それはモモとの時間が、永遠ではないことを意味していた。
獣医師さんがこれからのお世話のしかたをいろいろ説明してくれているあいだも、ぼくの気もちはしずんだままだった。
モモとの時間が、かぎりあるものだなん

て、ぼくは今まで考えたこともなかった。

ぼくひとりでお世話していたら、たぶんモモの変化に気づかなかった。気づかず、そのままモモを病気にさせてしまったかもしれない。

（ぼくは自分で、モモといっしょに過ごせる時間を、短くしてしまうところだったかもしれないんだ）

そう思うと、ぼくは自分をせめずにはいられなかった。

そんなぼくの気もちをさっしたのか、獣医師さんはさいごにこう言った。

＊＊＊＊＊＊＊＊＊＊＊＊＊＊＊＊＊

「すぐにお別れが来るわけじゃない。ゴールデンハムスターは五年生きたっていう人もいるんだ。いつか来るお別れを考えて、暗くなっているひまはないよ。それより、どうすれば、この子がしあわせに過ごせるかを考えるのが大切じゃないかな？」

その言葉に、ぼくはしっかりうなずいた。

★　★　★

その日から、ぼくは明奈と話しあって、ちゃんとモモのお世話をするようになった。

ごはんをやわらかいものに変えたり、モモがころばないようにケージの中をバリアフリーにしたり……。

「お兄ちゃん、モモ、ちょっと元気になってきたみたい」

「そうだな。ごはんもけっこう食べてるし、今日は回し車でもあそんでたもんな」

言いながら、ぼくはモモが初めて家に来た日のことを思いだしていた。

ぼくはまだ小学六年生で、明奈は小学二年生。ぼくと明奈は毎日けんかばかりしていた。

そんなぼくたちを見かねたのか、「ふたりでお世話するのよ」と、ママが一匹のハムスターをつれてきた。

ちいさくて、かわいくて、ぼくも明奈も初めて会ったしゅんかんから、モモのことが大好きになった。

あ、そう。モモっていう名前は、ぼくと明奈のふたりでつけたんだ。

けんかばかりしていたぼくらが、あんなにもしんけんに話しあったのは、あとにも先にもないだろうな、ってくらい長い時間、話しあって決めた。

それからぼくは、明奈とふたりでモモのお世話を始めた。

いっしょにお世話をしていると、明奈とけんかをすることもなくなった。
けんかどころか、モモのお世話をふたりでしていることは、ぼくと明奈は、本当になかよしきょうだいだった。
でも、中学生になるといろいろといそがしくて、ぼくはお世話をさぼるようになった。モモをかわいがることはしても、そうじとかめんどくさいことは明奈に押しつけるようになった。
巣箱の中から顔を出し、じっとこっちを見ているモモと目があう。
(ごめんな。これからは、もっとちゃんと、おまえのこと見てるからな)

＊ ＊ ＊ ＊ ＊ ＊ ＊ ＊ ＊ ＊ ＊ ＊ ＊ ＊ ＊ ＊ ＊ ＊ ＊

ぼくは強くそう思った。
モモと一日でも長く、いっしょにいられるように……。

★ ★ ★

「ただいま」
家に帰ってくると、なによりもまずケージのまえに行って、モモの様子をたしかめる。それがぼくの日課になった。
モモといっしょにいられる時間は短いかもしれないけど、ぼくは、ぼくができるかぎりのことを、モモにちゃんとしてあげようと決めていた。
「お兄ちゃん、おかえり」

「ただいま。今日も元気そうだな。ごはんもちゃんと食べた？」

「うん、すごくいい子で、のこさず食べたよ」

明奈がニコニコしながら答える。

このごろ、明奈はまえみたいに口うるさくなくなった。

いっしょに、モモのお世話をするようになってから、ぼくたちはモモが初めてうちにきたころみたいに、たくさん話をするようになった。

ぼくはモモからたくさんの大切なことをおしえてもらっている。

モモと出会えて、本当に良かったと思う。

＊＊＊＊＊＊＊＊＊＊＊＊＊＊＊＊＊＊

だからモモにも、ぼくと出会えて良かったと思ってもらいたかった。ぼくのうちに来て、しあわせだと思ってほしかった。

「なぁモモ、モモはしあわせか？」

ケージの中でウロウロしていたモモが、クリクリのひとみでぼくを見上げる。

「しあわせに決まってるじゃん」

答えたのは明奈だった。

ぼくは明奈の頭をくしゃくしゃっとなでながら、泣きそうな気もちになる。それだけで、ぼくはしあわせだと思った。

だってそれが、モモがぼくにおしえてくれた、かけがえのない気もちだから。

ふわふわとした
ちいさなちいさなキミと
はじめて出会(であ)ったあの日(ひ)
そーっと　手(て)のひらに
のせてみた　あのとき
いっしょにすごした時間(じかん)の中(なか)で

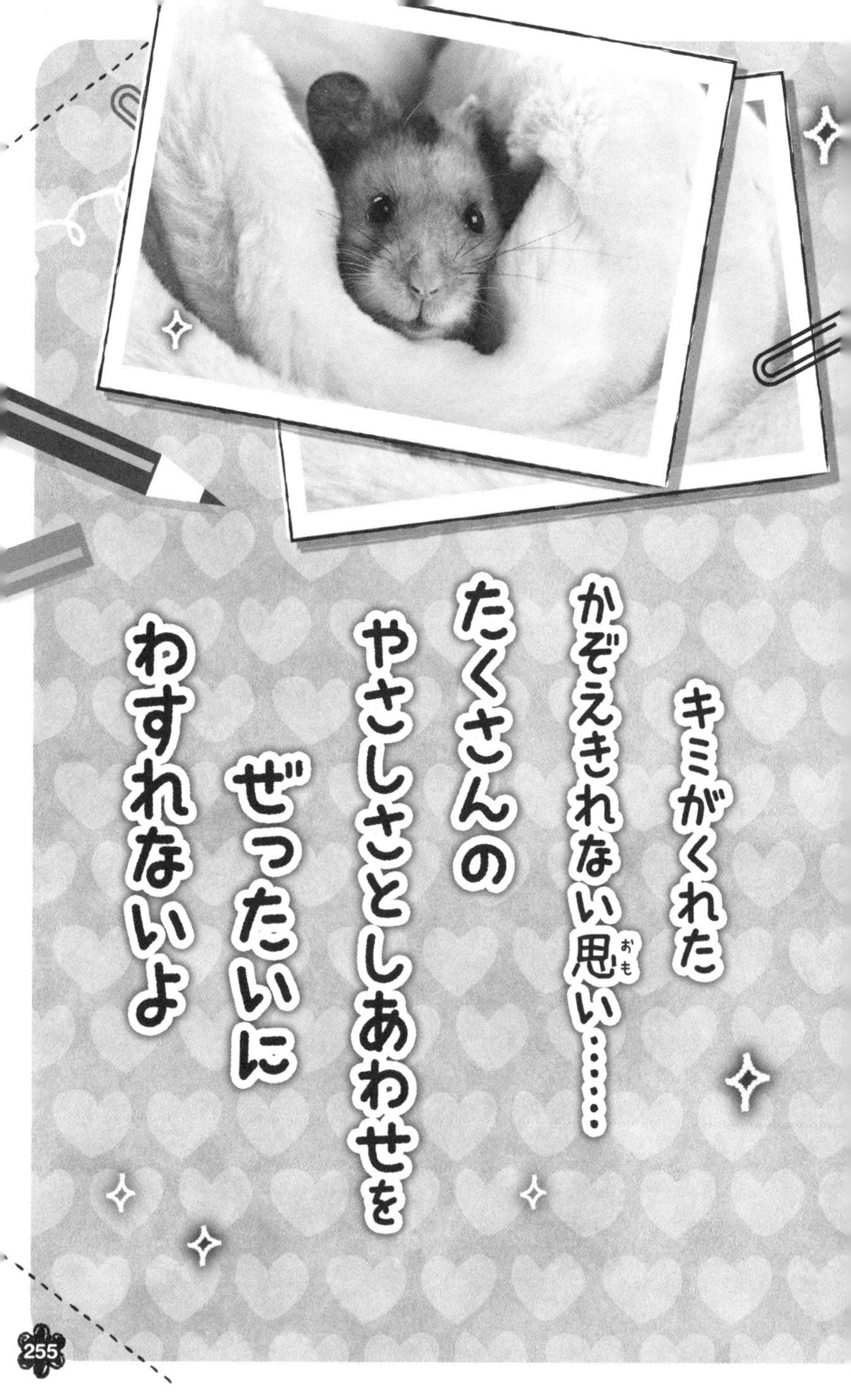
キミがくれた
かぞえきれない思い……
たくさんの
やさしさとしあわせを
ぜったいに
わすれないよ

心(こころ)あたたまるどうぶつのお話(はなし)

2016年7月5日　第１刷発行

漫画	おうせめい、津久井直美、青空瑞希、ももいろななえ、あいはらせと
表紙イラスト	ひより
本文イラスト	佐々木メエ、たはらひとえ、牧原若菜、坂巻あきむ、紫月綾音
表紙・本文デザイン	根本綾子
カバーおまもり、本文心理テスト監修	阿雅佐
編集協力	林佐絵、犬塚左恵、タカハシヒカル、有限会社ＥＸＩＴ、株式会社八馬力
写真協力	©iStockphoto.com（P28～32、P35、P96～97、P254～255）
ＤＴＰ	株式会社エストール
引用・参考文献	『いつでもキミのそばに……』『きみと、ずっと、いっしょ。』『ぜったいに、わすれない。』（以上全て学研）

著者	岡崎いずみ
発行人	川田夏子
編集人	小方桂子
企画編集	石尾圭一郎
発行所	株式会社　学研プラス 〒141-8415　東京都品川区西五反田2-11-8
印刷所	大日本印刷株式会社

●この本に関する各種お問い合わせ先
【電話の場合】
編集内容については　Tel 03-6431-1615（編集部直通）
在庫、不良品（落丁、乱丁）については　Tel 03-6431-1197（販売部直通）
【文書の場合】
〒141-8418　東京都品川区西五反田2 - 11 - 8
学研お客様センター『心あたたまるどうぶつのお話』係
●この本以外の学研商品に関するお問い合わせは下記まで
Tel 03-6431-1002（学研お客様センター）

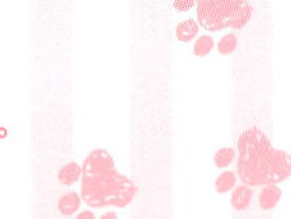

学研グループの書籍・雑誌についての新刊情報・詳細情報は、下記をご覧ください。
学研出版サイト　http://hon.gakken.jp/